A QUIMERA

CB064177

CLAUDEOMIRO FILHEIRO

A QUIMERA

LURA

Copyright © 2024 por Lura Editorial.
Todos os direitos reservados.

Gerente Editorial
Roger Conovalov

Coordenador Editorial
Stéfano Stella

Diagramação
Manoela Dourado

Revisão
Agatha Dias/Hanne Krempi

Capa
Lucas Melo

Todos os direitos reservados. Impresso no Brasil.

Nenhuma parte deste livro pode ser utilizada, reproduzida ou armazenada em qualquer forma ou meio, seja mecânico ou eletrônico, fotocópia, gravação, etc., sem a permissão por escrito do autor.

Dados Internacionais de Catalogação na Publicação (CIP)
(Câmara Brasileira do Livro)

F481q

Filheiro, Claudeomiro Augustinho

    A quimera / Claudeomiro Augustinho Filheiro. – 1ª ed. – São Caetano do Sul-SP : Lura Editorial, 2024.

    192 p.; 15,5 x 22,5 cm

    ISBN: 978-65-5478-151-0

    1. Ficção. 2. Literatura brasileira. 3. Filheiro, Claudeomiro Augustinho. I. Título.

CDD: 869.93

Índice para catálogo sistemático
I. Ficção : Literatura brasileira
Janaina Ramos – Bibliotecária – CRB-8/9166

[2024]
Lura Editorial
Alameda Terracota, 215. Sala 905, Cerâmica
09531-190 – São Caetano do Sul – SP – Brasil
www.luraeditorial.com.br

CAPÍTULO 1

Um sibilo invadiu o quarto em plena sesta do meio-dia. O ruído entranhou-se à mente, aflitivo como um zumbido. Despertou com a insolência da persistência e em segundos descobriu a fonte da sonoridade incômoda. Alguém lá embaixo apertava o botão da campainha como se houvesse a urgência de um aviso. Será que há algum incêndio nas imediações?

Levantou-se lentamente para atender ao chamado. Passou as mãos pelos olhos atordoados de sono e vestiu a calça jeans. Enquanto se movimentava pelo quarto à procura do caminho que o levasse às escadas, a sineta dobrava a cólera.

À porta de entrada, arriou a cortininha de renda plissada que adornava a janela da frente. Avistou a figura desgrenhada: um homem gordo que ultrapassava a faixa dos 50 anos. Conquanto parecesse estar preso com o dedo ao instrumento, olhava para os lados como se temesse pela própria segurança. O sol do meio-dia reluzia a superfície alva da cabeça calva. Em uma das mãos, segurava um envelope branco.

Luiz Flávio abriu a porta para receber a correspondência, despachar o carteiro e voltar aos minutos finais do seu descanso. Estranhou a ausência do uniforme tradicional dos homens dos Correios. Dirigiu-se ao desconhecido com impaciência.

– Pois não, senhor, o que deseja?

– O senhor é Luiz Flávio Alves Krieger? – colocou os óculos para ler o nome do destinatário, grifado em negrito.

– Sou eu.

– Inspetor Garrafa. Delegacia de homicídios. Vim lhe entregar uma intimação e solicitar que me acompanhe para prestar depoimento – entregou a ele o envelope com o selo do Tribunal de Justiça do Estado.

– Como assim? Do que sou acusado?

– Violação sexual. Violação sexual e assassinato ocorrido três meses passados no Jardim das Orquídeas. A vítima, senhora Lia Francine...

O inspetor cuspiu a acusação, sem franzir as feições, indiferente aos efeitos devastadores do libelo.

– Estupro? Impossível. Deve haver algum engano – sua face contraiu, confusa.

– Vamos, se apresse – deu dois tapinhas no ombro de Luiz Flávio – o delegado te espera para depor.

– O senhor me respeite – disse, após afastar o corpo.

O inspetor Garrafa fez cara de enfado antes de prosseguir.

– Há motivos para relacioná-lo ao crime. Suas objeções serão anexadas aos autos do inquérito. Terá direito à defesa, como todo cidadão acusado de qualquer crime.

– Pare com isso, senhor! Posso refazer todos os meus passos nos últimos noventa dias. Não sofro de demência e tampouco de sonambulismo. É insanidade o que me apresenta.

– Não me compete julgar seus atos, mas apurá-los. Alguns resultados de exames chegaram agora pela manhã e lhe remetem à cena do crime. Por isso, preciso levá-lo – o homem da lei sacou do bolso do paletó puído um lenço de linho vermelho, encardido e enxugou a face oleosa.

– Que exames? – as mãos tremiam enquanto segurava o papel e tentava ler as letras assombrosas que compunham o teor da carta.

– Não posso informar. Esta parte do show é com o delegado.

Um menino, com franjinhas de cabelo liso e escuro pendentes sobre expressivos olhos negros, face afogueada e bochechas redondas, surgiu esbaforido em um triciclo colorido com rodas de borracha. Conforme o disco deslizava pelo piso de pinho encerado, guinchava feito uma locomotiva sobre os trilhos de ferro dilatados ao sol.

– Quem é, papai?

– Um senhor que veio conversar, filho. Volte para dentro, sim.

O chow-chow fulvo, fiel guardião, chegou logo atrás, resfolegando e tremulando a singular língua azul. Rosnou inquiridor à estranha figura que permanecia postada pétrea à porta de entrada. Como se percebesse a atmosfera inóspita, sentou-se apoiado às patas traseiras e continuou a grunhir.

Luiz Flávio acarinhou o focinho e esfregou o pelo do animal. O cão trocou o rosnado feroz por um uivo lastimoso, pungente.

Uma voz feminina veio dos fundos da casa, irrefletida, enquanto tentava tirar a mácula de *milk-shake* com chocolate de uma camiseta branca.

– Quem está aí com vocês?

O velho policial, face avermelhada e pele sebenta, fora convocado pelo delegado para conduzir o investigado para depoimento antes que pudesse ingerir a segunda dose do Chivas, escondida na segunda gaveta da escrivaninha de MDF, entre os arquivos de aço, colocados a um canto da delegacia. Sentia a boca seca, urgia a necessidade de um gole, portanto, tinha pressa em concluir a missão.

– Traga seus documentos. E não me enrola. Se demorar muito, aumentarei o contingente e o levaremos à força à delegacia.

O acusado demorava-se em decidir se continuaria a confrontar o imóvel representante da lei ou procuraria refúgio no colo compreensivo da esposa, que, por hora, desconhecia a presença inoportuna do investigador.

– Preciso avisar minha esposa. O senhor entende, não é?

– Não cometa nenhuma tolice, rapaz. Te darei dez minutos.

O inspetor Garrafa girou o indicador ao alto e outro investigador, que aguardava apoiado à porta do veículo, contornou a rua para postar-se nos fundos da residência.

A viatura policial, com seu giroflex faiscando cintilações em azul e vermelho, estacionada em frente à casa, atraiu olhares curiosos dos vizinhos que observavam discretamente por trás das cortinas de *voil* de seda das janelas imponentes das mansões americanas que dominavam o bairro.

Luiz Flávio encontrou a esposa recurvada sobre a máquina de lavar. Colocava as roupas sujas e, enquanto a enchia de água, punha o sabão em pó. Observou-a de costas. Os cabelos loiros roçavam os ombros. As pernas torneadas, a cintura fina e o gênio forte a tornavam uma mulher de fibra. Aprendeu a amá-la muito antes do casamento e a convivência esses anos todos o fizeram respeitá-la por suas atitudes em momentos críticos.

– Amor?

– O que foi? Parece preocupado.

– Há um homem, um investigador. Trouxe uma intimação para que eu vá à delegacia com ele agora.

– Por quê? – a esposa enxugou as mãos ensaboadas.

– Sou acusado de um crime.

– Crime? Que crime?

– Um crime muito grave.

– Absurdo. Deve haver algum engano. Como é possível?

– É o que me pergunto.

– Deve haver uma explicação. Vamos esclarecer.

– Ele diz que tem provas da minha participação.

– Não deve saber de nada. Um falastrão. Policiais gostam de apavorar suas vítimas. Aposto que se trata de uma denúncia falsa – disse e voltou a atenção para a máquina de lavar.

O inspetor avivou o olhar quando viu se aproximar a figura esguia da esposa do acusado. Soergueu as pesadas pálpebras que caiam sobre as órbitas para absorver por inteiro a beleza imprevista. Dilatou as narinas para sorver o aroma do amaciante perfumado que exalava, agregado ao odor de suor da pele da jovem mulher.

– Afinal, do que se trata essa intimação? Poderia repetir para mim? – esticou as mãos ainda úmidas para um cumprimento.

O inspetor repetiu a acusação e mencionou o resultado dos exames, era só o que podia adiantar.

– Estupro? Ora, isso é ridículo.

– Sinto muito, senhora. Só faço o meu trabalho. São ordens do delegado levá-lo para depor – o olhar desceu ao colo dela, intempestivo.

– Que provas há contra ele? – instintivamente, ela fechou o último botão da camisa, enquanto encarava o emissário nos olhos.

– Não sei informar. O caso é com o delegado.

– Ele poderá continuar preso após o depoimento? – a pergunta e o medo da resposta.

– Eu sugiro contratar um advogado, senhora – a resposta protocolar dita tantas vezes a essa pergunta.

Luiz Flávio não possuía em seu círculo de amizade um advogado criminalista. Os advogados da empresa não poderiam saber que estava metido em um inquérito dessa natureza. Ocupava um cargo de destaque na firma e tal diatribe poderia manchar sua reputação com os diretores. Quem sabe nem precisasse de advogado. Que provas poderiam condená-lo? Nada passara ao seu crivo. A coragem tomou-lhe de assalto. Como uma epifania em uma crise, uma onda de otimismo surgiu oriunda das entranhas do pessimismo. Uma flor de lótus bela e nova em meio ao lodo. O apoio da esposa seria o seu esteio. Fora sua companheira na pior fase de sua vida, e uma vez mais ela não o abandonaria. Não precisava de mais ninguém. Ligou ao escritório informando que não retornaria para o segundo turno.

CAPÍTULO 2

O delegado os esperava sentado em seu gabinete. Olhou para o relógio assim que bateram à porta para informar a chegada do investigado. Observou, atrás de espessas lentes, a figura encolhida de um homem de trinta e poucos anos com o semblante abatido, acompanhado da esposa. Luiz Flávio usava uma camisa polo cinza com o logo da empresa impresso no lado esquerdo do peito, calça jeans surrada e o mesmo tênis da corrida diária, o primeiro que encontrou na pressa do compromisso.

O delegado convidou-os a sentarem-se nas cadeiras perfiladas à frente. Luiz Flávio, por sua vez, passou de relance o olhar pela sala. A cadeira do delegado era de couro, toda esfolada pela ação do tempo, e os espaldares carcomidos permitiam que a espuma derramasse feito baba. Sobre a mesa dele, diversos papéis espalhados, o abajur de leitura e o telefone fixo. Um porta-retrato com a fotografia da família. A mulher e os dois filhos pequenos abraçando um São Bernardo enorme. Todos pareciam felizes no registro eterno de um momento íntimo. Atrás do dignitário da lei, preso à parede, no alto, a pintura de Jesus proferindo o sermão da montanha. Conhecia bem aquele sermão. Teve oportunidade, durante a internação, de saber seus detalhes. Agarrou-se por um tempo a ave-marias, pai-nossos e outros credos. Era o que o ocupava durante os longos períodos em que permaneceu isolado na bolha. A esposa o visitava, é claro, por curtos períodos, porque mais tempo não era permitido. Os médicos, mesmo sem intenção, muitas vezes, comportavam-se mais como cavaleiros do apocalipse do que profetas da boa nova. Ensaiara diversas vezes a reação que teria quando avistasse diante de si o cavaleiro montado sobre o cavalo baio-amarelo e este lhe dissesse que não havia mais nada a fazer. Entretanto, era grato aos médicos por tudo o que fizeram por ele. Agora o jogo era outro. Outra necessidade de consolo deveria surgir. Será que seus heróis agora seriam advogados? Em qual cavalo viriam montados? Preferia que fosse o cavalo branco, sem dúvida.

O delegado se apresentou de modo formal para conduzir o depoimento. Moreno, cabelos negros cortados, barba rala, bem aparada nas linhas de contorno da face. Vestia um terno de grife, gravata xadrez em tons marinhos, combinando com a camisa azul de seda italiana. Luiz Flávio conhecia esses pormenores porque muitas vezes precisou vestir-se de maneira similar para os eventos da empresa – reuniões com os executivos da matriz que vinham de tempos em tempos tomar conhecimento das operações. Será que a formalidade tinha a ver com a suposta descoberta de um importante criminoso, cuja prisão poderia render manchetes nos jornais, ou tratava-se de um hábito já há muito arraigado? Era assim que se vestia para o trabalho?

Um sorriso forçado foi dado pelo delegado assim que o casal se sentou para o depoimento. Ofereceu café, mas ambos recusaram. Serviu-se de uma xícara. O aroma forte da bebida fresquinha, recém-passada, recendeu pela sala. O cheiro lembrou a Luiz Flávio a solidão em inúmeras madrugadas de sábado que passava acordado, sob o efeito do estimulante, para estudar. O café sempre fora um amigo leal.

O relógio de parede com pêndulo badalou às 15h.

– Vejo que os senhores não estão acompanhados de um advogado. Vocês têm direito de que um os acompanhe durante a nossa conversa – o delegado iniciou.

– Agradeço o lembrete, senhor, mas o que quer que o senhor tenha contra mim não pode ter sustentação.

– O senhor tem certeza?

– Sim, claro. Por que não teria?

– Qual o seu nome?

– Luiz Flávio.

– Idade, profissão e local de trabalho.

– 32 anos. Engenheiro mecânico, trabalho na Metalúrgica Rothschild, sou engenheiro de formação, e agora responsável pela gestão de produção.

– O senhor sabia que a moça assassinada era mãe de duas crianças pequenas? – e colocou as fotos da mãe com os dois filhos bem à frente de Luiz Flávio.

Este surpreendeu-se com a precoce menção ao acontecido. Será que ele apelaria para uma intimidação tão rala? Será que brincaria com ele como um gato com o rato antes de devorá-lo?

– Sinto muito por isso, mas não tenho qualquer envolvimento no caso.

– O senhor tem filhos?

– Sim. Um menino de quatro anos.

– Como se chama?

– Bruninho. Bruno.

– Deixe nosso filho fora disso, por favor. – Fernanda empertigou-se na cadeira.

– Quero conhecê-lo um pouco melhor. Tentar entender quem é a pessoa que está à minha frente. Seu esposo é investigado em um crime.

Luiz Flávio percebeu o olhar inquiridor, como um escâner, esquadrinhando cada pedaço de tecido cerebral à procura de um trejeito, um tique, uma evidência qualquer, uma incongruência, uma contradição. Se pudesse, o delegado levantaria o tampo da cabeça dele para ver o que havia dentro.

– Não tenho nada a esconder. Sou um cidadão cumpridor de deveres e pagador de impostos, como o senhor.

– Onde o senhor esteve no dia 30 de março, uma terça-feira, às 20h?

– Com certeza em casa. Chego cedo do trabalho, no máximo às 19h, quando não tem trânsito.

– Que dia da semana era? – perguntou Fernanda.

– Terça-feira.

– É justamente o dia que você vai ao cinema.

Luiz Flávio olhou para Fernanda. Não estava ajudando. Ela se tocou.

– Então, não estava em casa? – questionou o delegado entre lábios com tom de provocação.

– Mas eu vou ter com certeza o comprovante do ingresso no telefone, posso buscar aqui.

– Depois, primeiro isso aqui.

O delegado continha em suas mãos um envelope. *Outro envelope*, pensou Luiz Flávio. Enquanto absorvia as palavras, os gestos, as expressões corporais e faciais do acusado, o policial tamborilava os dedos no tampo da mesa. Inquiridor, o pensamento fazendo projeções, analisando cada detalhe do intrincado jogo que respaldava a acusação. Não poderia haver falhas. Colocar um inocente na cadeia equivaleria a um médico amputar a perna errada de seu paciente.

– O que tenho aqui – apontou o envelope – é a verdade dos fatos. Uma verdade chocante.

O casal se entreolhou, confuso. O que poderia conter ali que abalasse a segurança de sua liberdade? Luiz Flávio lembrou da multidão de condenados jogados nos porões úmidos das masmorras. Assim que a comoção da prisão esfriasse e as pequenas letras pronunciadas na sentença fossem arquivadas na memória inesgotável de um computador, seria ali esquecido para todo o sempre. Lembrou-se do nome de sua banda.

– Por que não revela o que tem aí? Você foi designado pelo Estado para descobrir a verdade, mas, se diz que tem a prova, apresente-a.

– Acredita na ciência, Luiz Flávio?

– A ciência salvou minha vida.

– O que tenho aqui é ciência.

– Fale logo e acabe com essa agonia de uma vez.

– Disse que a ciência salvou sua vida. Agora, poderá condená-lo.

O delegado abriu o envelope e expôs a carta. Um relatório cheio de caracteres e códigos. No alto da página podia se ler em letras garrafais: LAUDO PERICIAL.

– Coletamos material genético na cena do crime. Havia sêmen e saliva em abundância. Parece que o assassino não estava muito preocupado em não deixar pistas. A fome suplantou o risco. O lobo sentiu-se seguro como se fosse o dono do pedaço, seu território e a vítima, sua caça. O lobo estava com fome. Cravou os dentes no pescoço da presa para sugar o seu sangue, beber de seu corpo, comer sua carne. Arrancou suas roupas, bateu em sua cabeça com algum objeto rombo e a vítima desmaiou. O lobo a devorou, como a uma carniça inerte. Saciou sua fome.

– Por favor, senhor delegado. Acho que pode nos poupar dessas metáforas macabras – interveio Fernanda, enojada.

– Desculpe, senhora. Gostaria de mostrar algo para o acusado. A senhora não precisa ver, se não quiser.

O delegado abriu a gaveta ao lado da escrivaninha. Dali tirou outro envelope, estufado, de cor amarela. Diversas fotografias ampliadas surgiram do seu interior. Espalhou-as sobre a mesa. O registro pericial. O cadáver com a boca aberta, os dentes quebrados, as marcas no pescoço. As roupas em desalinho, as pernas abertas e o sexo violado. O olhar vazio para o céu. A mulher na fotografia parecia jovem, talvez uns 30 anos.

– O senhor está bem?

– Nunca vi essa pessoa. O que o senhor é? Um torturador?

– Sou um homem da lei, designado pelo Estado para elucidar um crime hediondo.

– Não sou eu o seu homem! – queria gritar para expurgar a angústia, depurar o medo.

– Isso chegou hoje – apontou o papel em suas mãos e continuou – o laudo pericial nada mais é que o resultado do exame de DNA do material encontrado junto ao corpo. Amostras de sêmen e saliva foram analisadas e comparadas aos exemplares que temos no banco nacional de perfis genéticos. O banco de perfis genéticos brasileiro é muito incipiente. Temos poucos registros. A partir de agora, todo cidadão brasileiro deverá participar desse banco, doando material genético para compor o arquivo nacional. Os Estados Unidos já têm milhões de pessoas no cadastro. Os presos e condenados foram os primeiros indivíduos a compor o banco. É como uma carteira de identidade para o crime. Todo criminoso poderá ser identificado quando cometer crimes e deixar pistas.

– Senhor, o que isso tem a ver comigo? O senhor não pode… – Luiz Flávio percebeu uma estranha névoa se formar, um jorro hormonal intenso e súbito subiu em ondas e sua mente parecia desfalecer. Recobrou o denodo, apenas parcialmente. Receou que algo incrível fosse surgir em seguida.

– O material genético coletado na cena do crime foi comparado aos materiais já coletados no banco genético, e adivinhe só: bingo. O seu nome apareceu no monitor, em negrito.

Luiz Flávio deixou-se atingir e viu emergir das cinzas uma reação débil, automática, involuntária.

– Não é possível. Tenho esposa, filho.

– Acalme-se, por favor. Lógico que refaremos os exames. Haverá contraprova, claro. Mas, por ora, o senhor ficará detido. Após a conclusão do inquérito, você será posto em liberdade ou seguirá os trâmites do processo até o julgamento final.

Luiz Flávio olhou para a esposa ao seu lado, inerte. O rosto murchara, recebendo anos a mais. Luiz Flávio nunca vira medonho semblante em Fernanda. Os olhos esbugalhados e as sobrancelhas arqueadas. Era puro assombro. Como se houvesse a ativação simultânea de dois mil genes capazes de regular o envelhecimento. A síndrome do envelhecimento acelerado. Fernanda estava ali, sem acreditar e nem desacreditar, como uma estátua.

O exame a colocara em uma posição difícil. Exames de DNA são reais. Havia algo de imoral e doloso naquela denúncia. Uma acusação de estupro com provas cabais da participação de seu marido. Contudo, ela precisava de uma explicação, algo que acalentasse a angústia, que injetasse esperança diante da imagem do fim inevitável. Como dissolver as nuvens de chumbo antes que elas precipitassem sobre a terra sua ira destrutiva? A explicação teria que partir de Luiz Flávio.

– O que significa isso? O que você fez conosco? Com nossa família?

– Meu amor, por Deus, deve haver uma explicação. Não é verdade. Você me conhece, sabe que eu jamais seria capaz de cometer algo tão…

– Mas há provas. Seu material genético foi encontrado junto ao corpo.

– Por favor, precisa confiar em mim, não faço ideia.

– Me escutem – o delegado interveio. – Contratem um advogado para sua defesa. Não há mais o que protelar. O inquérito está em andamento e será enviado ao Ministério Público para denúncia. O senhor está preso e será indiciado por violação sexual seguido de morte da senhora Lia Francine Moraes.

CAPÍTULO 3

O inspetor Garrafa fechou as algemas ao redor dos punhos de Luiz Flávio. O metal frio o apertou de forma rígida. As algemas em aço carbono niquelado eram desprovidas de brilho. "As mais discretas que temos", ouviu o policial dizer; "não que você mereça", emendou ao final, enquanto recolhia as chaves. As mãos imóveis não permitiam o apoio, e o inspetor teve que auxiliá-lo a entrar na viatura para que não batesse a cabeça na porta do veículo. O olhar abaixado para o assoalho do carro, na débil tentativa de escapar dos flashes dos fotógrafos. A imprensa fora avisada. Havia um tumulto à saída da delegacia. Ele furou, sem olhar para os lados, a massa de repórteres aglomerada, com os microfones em riste, quase a sufocá-lo. Queriam um depoimento, qualquer alegação que pudesse ser usada como manchete. Luiz Flávio estava atônito, tamanho o alvoroço em sua partida ao presídio. Ele divisou no outro lado da rua um pequeno grupo, em atitude austera, exibindo cartazes. Pela distância, não podia ouvir o que diziam. Contudo, os olhos foram tragados para as palavras escritas em tinta vermelha na cartolina branca. A primeira se referia à justiça e a outra, quando leu, estremeceu: Assassino. Depois entendeu o ruído agressivo que saía das bocas deles. Assassino. Assassino. Assassino. Como se a cena fosse descongelada e os atores ganhassem movimento.

– Você se meteu numa bela encrenca, não é mesmo, meu jovem? – o inspetor Garrafa o observou pelo retrovisor, assim que se sentou no banco do motorista.

Luiz Flávio não respondeu. Entretanto, a lembrança do semblante da esposa quando a notícia foi dada o abateu ainda mais. Evidenciava ali a desconfiança dela em relação ao que pudesse ter feito. Imaginava que a fidúcia por ele suplantasse a mais terrível das acusações, mas tal sorte não lhe foi dada. A chaga do ceticismo a atingiu e isso ele não podia suportar. Quem o apoiaria neste momento? Não havia como abstrair o turbilhão de sensações desagradáveis que evocavam o espírito. Os pensamentos desconexos, tamanha a atribulação a que fora alçado. Pensava e repensava suas estratégias de defesa.

Um complexo aparato policial o conduziu ao presídio. Cinco viaturas iam à frente e cinco viaturas atrás para protegê-lo de qualquer tentativa de agressão. A cidade parou enquanto a carreata passava. Os carros, as motocicletas, os ônibus de transporte, todos davam abertura à comitiva. Quantas vezes cruzara por aquelas ruas e alamedas? As idas ao supermercado, ao shopping, às feiras, aos parques, à empresa e a tantos lugares agradáveis. A avenida era uma via comum a vários destes endereços. Agora o destino era outro.

– Tudo isso para você, Luiz Flávio. Está satisfeito? – o inspetor o trouxe de volta ao mundo.

– Não tenho nada a ver com isso. Há um engano em tudo.

– Engano? Você ainda quer negar?

– Vou provar que estão errados.

O inspetor Garrafa balançou a cabeça e sorriu.

– E pensar que tem uma esposa bonita e gostosa. Ela não apagava o seu fogo? Não te preocupa deixá-la sozinha?

– Não se atreva. Deixe-a fora disso. Exijo respeito.

— Ah, você não está em posição de exigir nada, meu amigo. Não se deu conta do charco em que se afundou?

Luiz Flávio tentava suportar as estocadas afligidas pelo policial que, por motivos de pura perversidade, perturbava-o. E continuava.

— Tem ideia do que terá de suportar na prisão? Sabe o que acontece com os estupradores e assassinos?

As palavras do policial rasgavam a expectativa de futuro. Não era mais onde os sonhos esperavam. Agora, era uma caixinha apertada de vicissitudes.

— Sabia que a senhora Lia Francine tinha dois filhos pequenos e que voltava do trabalho, do glorioso trabalho que dispunha como vendedora de roupas em uma loja no shopping? E aí, aparece um bandido como você e acaba com tudo. Deixou duas crianças órfãs de mãe e um marido sozinho para cuidar delas.

— Por favor, me deixe em paz.

— Deixá-lo em paz? Você quer paz? Será que o deixarão em paz na prisão? Você ainda não sabe do pior. Eu não queria estar na sua pele. Você vai descobrir… Não vou te falar. Tem algo acontecendo lá…

— O Estado tem obrigação de tomar conta de seus prisioneiros.

O policial apenas deixou uma risada debochada escapar.

A proximidade do presídio o fez avistar a cúpula do prédio onde passaria a viver. Observou as telhas de cerâmica portuguesa tradicionais escurecidas pela ação do tempo. Uma grande construção de dois pavimentos surgia aos poucos em seu campo de visão. O edifício ocupava uma quadra inteira. Quatro estruturas formavam um quadrado perfeito. Um muro alto, encimado por linhas de arame farpado e energizado, protegia a edificação das tentativas de fuga. Disposta em cada um dos quatro cantos havia uma guarita e, em cada uma, um guarda armado com fuzil e escopeta. Luiz Flávio percebeu as palmas das suas mãos ficarem úmidas. Com movimentos nervosos, tentava secá-las na calça jeans. À medida que a construção crescia com a aproximação, as sensações corporais exacerbavam-se. A boca secou, uma cólica latejou no fundo do abdome, quase a nauseá-lo; o coração bateu tão forte no peito que podia senti-lo quase ultrapassar o limite das costelas. Seus esfíncteres relaxaram de tal maneira que só a muito custo conseguiu controlá-los. O suficiente para livrá-lo de um vexame.

O portão de metal à entrada abriu-se ruidoso e a comitiva foi aduzida ao pátio principal. O barulho das sirenes cessou. O inspetor Garrafa desceu da viatura, abriu a porta traseira, retirou o preso do automóvel e o entregou aos carcereiros.

– A encomenda está entregue, meus amigos. Agora é com vocês. Este rapazinho aprontou uma boa na cidade. Cuidem dele.

– Deixe conosco, Garrafa. Ele será tratado com carinho. Por falar nisso, cadê aquela que nos prometeu? A última acabou faz tempo – um carcereiro, dentes irregulares e amarelados, alto e magro, e uma protuberante barriga, reivindicou.

– Pensou que eu ia esquecer? – o inspetor voltou à viatura e, debaixo do banco do carona, retirou uma garrafa, cuja cor dourada do líquido entregava a qualidade do conteúdo.

– Bom e velho Garrafa. Sempre cumpre o que promete – o guarda o cumprimentou com uma reverência.

Contíguo à entrada, o detento foi alocado em uma grande sala e identificado. A triagem geral consistia em deixar todos os pertences em cima de um longo banco de madeira encostado na parede. Luiz Flávio foi instado a retirar a camisa com o logotipo da empresa impresso no lado esquerdo do peito. Depois, a calça jeans, a cueca e as meias e as depositou no banco. Ficou nu em pelo, tremendo, massageando seus braços com as mãos na sala gelada devido ao funcionamento de quatro grandes aparelhos de ar-condicionado. "Acordem, seus vagabundos", era a ordem gritada nos alto-falantes. No entanto, o único vagabundo ali era ele.

Um guarda com barba por fazer e cara pouco amistosa recolheu as roupas e, em seu lugar, deixou o uniforme do presídio. Um conjunto de calça comprida e camisa de manga curta gola V na cor laranja. Junto ao uniforme, recebeu uma pequena *nécessaire* contendo escova e creme dental.

Anexo à sala de triagem, havia um grande banheiro comunitário com várias duchas dispostas uma ao lado da outra. Antes de vestir o uniforme, todos deveriam expurgar a sujeira que carregassem da vida lá de fora.

Luiz Flávio nunca gostou de tomar banho gelado, mas entendia que, naquele ambiente, suas preferências não seriam levadas em consideração.

Devido à natureza do seu crime, seria mantido apartado dos outros criminosos. Observou olhares, entre sorrisos e cochichos, dos guardas em sua direção. No entanto, não pretendia logo no começo acometer-se de delírios persecutórios, visto que nada de concreto havia acontecido. Nem mesmo aquele ambiente soturno com suas paredes desbotadas, o teto baixo de gesso infiltrado e a pouca luz dos refletores poderiam disparar precocemente um transtorno de desconexão com a realidade; tentaria de todas as maneiras ficar consciente e alerta para sobreviver à loucura. Cumpridas as rotinas de ingresso, as quais incluíam um corte de cabelo máquina zero no occipital e um pequeno chumaço de cabelo louro deixado no topo da cabeça, como marca exclusiva daquele presídio, foi levado à carceragem.

A ala dos enjeitados ficava distante do salão de triagem. Para chegar até sua ala, um largo corredor com celas individualizadas em que os presos com diploma de curso superior também ocupavam, ele teve que subir escadas, dobrar corredores, atravessar extensos espaços ocupados por várias celas coletivas. Enquanto percorria as galerias do edifício, escoltado pelos silenciosos guardas, ouvia gracejos dos outros presos em sua direção. "Olha a loirinha aí", "vem ficar com a gente, princesa", "faz o papai feliz, neném", "carne nova no pedaço" e tantos outros desatinos que o fizeram duvidar da sanidade de todos aqueles encarcerados. Será que estaria também destinado a sucumbir à realidade em direção ao logro e ao perecimento?

O espaço destinado a Luiz Flávio continha algumas celas individuais e ele não sabia quantas estariam ocupadas. Sabia apenas que uma seria ocupada por ele, enquanto as outras permaneciam incógnitas. Enfim, estava defronte à sua gaiola. Um cubículo de seis metros quadrados, com a parede de alvenaria ao fundo e, o restante, grades de ferro trançadas em quadriculado. O guarda abriu o portal e jogou o animal para dentro. Após isso, trancou o ferrolho com estrépito, readmitindo as chaves para o bolso do jaleco.

O novo endereço de Luiz Flávio possuía uma cama de cimento no chão e um colchonete fino por cima. Uma pia com torneira de plástico e uma latrina rente ao chão. Um cano de PVC se abria logo acima do dejetório para despejar a água e levar embora os despojos do intestino. Um chuveiro e a fiação encardida que saía da parede de cimento quebradiço alertavam a possibilidade de água quente para o banho. A janela gradeada no alto não permitia a visão do espaço externo, a menos que se agarrasse à parede com tremendo esforço. A luz solar penetrava tímida, a anemia de seus raios denunciava o final da tarde e a noite que se avizinhava definitiva. A primeira na prisão, acusado de estupro e assassinato. O mundo havia virado de cabeça para baixo. A fortificação de pedras sólidas, no fim, revelou-se um castelo de cartas velhas e sebosas. Quanta humilhação haveria de suportar a partir de agora? Como aceitar o que lhe acontecia? Um dia e uma noite não seriam suficientes. O cansaço físico e a pouca luz não permitiram a ele, em um primeiro momento, identificar seus companheiros de infortúnio. Estes também não fizeram alvoroço com a sua chegada, quer fosse porque a natureza de suas personalidades não condizia com esse tipo de comportamento, quer porque naquele horário todos dormiam.

※

Fernanda chegou em casa pouco depois das 18h. Passou antes na casa da amiga para buscar Bruninho e Big King. Chegaram em silêncio, pois o menino brincara o dia inteiro, estava cansado e com fome. Ela preparou um lanche e lhe deu banho. Em seguida, colocou-o para dormir, não sem antes contar uma história de super-heróis e vilões. Na rotina da vida diária, quem contava histórias para o filho dormir era Luiz Flávio.

– Mamãe, cadê o papai?

O impacto da pergunta certeira, como se a criança soubesse o ocorrido, travou Fernanda, que não conseguiu responder.

– Papai é o meu super-herói. Amo muito o papai.

– Eu sei, filho. Eu sei. Agora durma. Amanhã é outro dia.

O cérebro dela estava envolto em dúvidas. Quem era aquele homem com o qual convivia e que, de uma hora para outra, tornara-se tão misterioso? Foram acrescidas qualidades a ele. Contudo, a volúpia, a necessidade de satisfação dos sentidos, principalmente a luxúria, estavam exacerbados após o transplante. Se bem que isso também poderia ser explicado pela nova chance que recebeu, uma segunda vida. No entanto, a acusação de homicídio, abarrotada de provas, colocava por terra todas as outras suposições. Não sabia se o ajudaria; se procuraria um advogado ou o jogaria aos leões. Um estuprador e assassino não poderia ser digno de defesa, nem ele, nem quem quer que fosse. O vilão deveria ser punido, mesmo o vilão sendo seu marido. Contudo, decidiu-se; em nome do filho, deveria defendê-lo. Onde conseguiria? Suas relações todas eram baseadas nas pessoas que conheciam da empresa. Provavelmente todos ali saberiam da acusação, de modo que não adiantaria esconder a vergonha. O momento era de rara gravidade, e vaidades não seriam oportunas. Apenas um nome apareceu em sua cabeça. Uma pessoa, a qual demonstrou todo esse tempo a mais completa solicitude com ela e sua família. A imprensa daria um jeito de aniquilar todas as imagens positivas que Luiz Flávio pudesse ter construído esses anos todos. Mas, quem sabe o senhor Augusto não pudesse ajudá-la na indicação de um bom advogado? Nem que fosse para…

CAPÍTULO 4

Andreia e os colegas do jurídico assistiam apreensivos à reportagem na televisão. Conheciam de vista o acusado dos corredores da empresa. Ela nunca havia formulado uma opinião ou julgado a personalidade de Luiz Flávio até então, nem contra, tampouco a favor, porque jamais houve necessidade disso; mas, em retrospecto, a ideia que lhe vinha à cabeça era a de um rapaz impassível. A sala em silêncio de morte. O pessoal em reunião extraordinária para decidir o que fazer com aquilo tudo. Antes de mais nada, a proteção da empresa. A grande mãe não poderia sofrer abalo. "E o filho ingrato ainda espalhou material genético por toda a cena", gritavam os mais novos indignados. "Prendam logo esse calhorda", um estagiário enfurecido ditava ordens com a empáfia da juventude e para se fazer notar. O seu Augusto chegara há instantes com o semblante carregado, gotas de suor desciam das têmporas e, em gestos rápidos, espalhava papéis sobre a mesa. Todos os advogados sentaram-se calados à espera das ordens da direção.

A advogada olhou para seu chefe, um homem de meia-idade, pai de dois filhos pequenos. Fez um sinal interrogativo com os ombros e ele respondeu com a mão para que esperasse. Havia rabiscado mentalmente o comunicado à imprensa e já qualificava a demissão como justa causa.

A reunião durou quarenta minutos. Ficou estabelecido um novo encontro para o dia seguinte, quando procederiam à escolha dos advogados responsáveis na condução do caso. Fariam ajuntamentos da documentação do funcionário, o histórico na empresa, assim como a leitura dos autos do inquérito.

Embora já batida a hora de ir para casa alimentar o gato, Andreia ainda teria que revisar um contrato de vendas de vários implementos para uma grande fazenda do norte. Abriu o aplicativo de relacionamentos e percebeu um coraçãozinho pulsando no canto superior da tela. Esboçou um sorriso lúbrico. Iria conferir o *match* mais tarde. Agora precisava ir embora antes do caos do trânsito de final de tarde deixá-la tão presa quanto o antigo funcionário.

No apartamento, preparou um lanche rápido, desarrolhou uma garrafa de vinho e completou metade do copo. Abriu os arquivos do contrato no notebook apoiado em cima da bancada da cozinha. Enquanto comia uma lasanha processada e bebia em pequenos goles o Malbec argentino, rolava as páginas e verificava as pequenas letras incrustadas no extenso e prolixo texto padrão. Absorta na tarefa, ouvia como um sussurro ao fundo o som do telejornal da noite. A voz grave do apresentador anunciava: preso esta tarde o suspeito de assassinar mãe de família. A prova é baseada na descoberta de material genético na cena do crime. Sentiu uma leve quentura no abdome ao lembrar o que os aguardava nos próximos dias.

Deixou o computador ligado e foi conferir o celular. No alto da tela, o coraçãozinho ainda pulsava. O sorriso lúbrico não voltou aos seus lábios. Ao entrar no perfil da moça, descobriu tratar-se de uma médica. Já saíra com médicas em outras ocasiões, mas talvez a garota não tivesse escolhido as melhores fotos para subir no aplicativo. Resolveu não arriscar a decepcionar-se outra vez e, após declinar gentilmente o aceno, enviou um convite a um casinho antigo para verificar a possibilidade de um encontro. *Match* concluído e o programa garantido para o fim de semana.

CAPÍTULO 5

Luiz Flávio despertou logo cedo. A claridade oriunda dos primeiros raios solares vindos das janelas gradeadas no corredor do edifício iluminou parcialmente o cubículo em que estava encerrado. Um apito soou estridente e incômodo. Imaginou que fosse uma espécie de toque de alvorada como nos quartéis. Não tinha relógio para saber a hora, mas pensou ser seis ou seis e meia da manhã. Acordou com desconforto nas costas – era a primeira vez que dormia sobre um fino colchonete apoiado no piso duro de cimento. Ao elevar os olhos do nível do chão, viu um senhor que aparentava ter uns 50 anos o observando curioso.

– Com o tempo você se acostuma – disse o companheiro após soltar uma baforada do cigarro sem filtro.

– Se acostuma com o quê? – perguntou Luiz Flávio, pondo-se de pé com certa dificuldade, retardando o processamento do que o outro quis dizer, e emendando. – Ah, claro, não tem outro jeito, não é mesmo?

– Imagino que deva ser sua primeira vez.

– Como? Sim, primeira vez preso, primeiro dia, primeiro tudo.

– Como o primeiro assassinato.

– Não entendi.

– Dizem que o primeiro assassinato é o mais doloroso para o criminoso, o segundo e o terceiro são mais fáceis de realizar, surge até um prazer depois.

– Interessante – Luiz Flávio coçou a cabeça como a compreender a metáfora.

– Qual foi o crime que dizem que você cometeu?

– Estou aqui por engano.

– Certamente – retrucou o homem – meu nome é Alfredo, médico hebiatra, e eu também sou inocente.

– Mas por que o indiciaram então?

– Ora, não estamos todos presos aqui acusados com base em denúncias falsas? – riu Alfredo, soltando outra baforada.

– Estou sendo injustiçado também – respondeu Luiz Flávio, dando de ombros.

– Bem possível. Qual o crime que lhe imputaram? E me desculpe a curiosidade, mas é uma faceta incontrolável da minha personalidade.

– Dizem que matei uma mulher.

– Então, é você quem dizem ser o responsável pela morte daquela mulher. Como é mesmo o nome dela? Lia Francine?

– É esse o nome dela. Mas por que pergunta? Você a conheceu?

– Não, nada, mas você já é famoso por aqui. Ela era bonita?

– Como é a rotina daqui? – Luiz Flávio ignorou a pergunta e mudou de assunto.

– O presídio é dividido em galerias, e em cada galeria há uma facção que comanda. Estamos separados das facções porque temos cursos superiores e supostamente cometemos crimes hediondos. Você deve ter um pistolão para estar aqui, porque pago uma bolada para o diretor para ficar nesse meu cantinho. Por direito, pode nos mandar para onde ele quiser.

– Que nada. Nem advogado tenho ainda.

O hebiatra explicou que a cadeia abria as celas pela manhã e fechava à noite e, nesse período, os presos podiam circular livres pelas galerias.

Menos eles, porque faziam parte do grupo especial, e só lhe eram relegadas poucas horas por dia de sol – sempre em locais sem circulação de outros presos. A comida vinha em quentinhas e estas eram servidas nas celas. Café da manhã, almoço e jantar. Tudo o que tinham a mais era pago. O chuveiro elétrico, a água quente, tudo na forma de propina. Se não pagassem ao diretor ou aos carcereiros, o serviço era bloqueado. A limpeza interna era feita por eles mesmos e, se quisessem tudo cheirando bem, os produtos de limpeza deveriam ser fornecidos pelos familiares. As roupas sujas eram recolhidas todo dia para serem lavadas e um uniforme limpo era deixado no lugar.

– Aqui, como lá fora, o luxo custa dinheiro – finalizou.

– Mas estamos isolados aqui e trancados com esses cadeados enormes. Estamos protegidos, não?

– Não se engane, Luiz Flávio. Na cadeia, têm chaveiros especializados que abrem qualquer coisa. Trabalham para as facções. Eles sabem que você chegou e quem você é.

– Como farei para me proteger? – a face de Luiz Flávio contraiu.

– Você tem alguém lá fora que zelará por você?

– Olha, eu pensei que tivesse, mas agora não sei mais. A natureza do crime do qual sou acusado é algo difícil de aceitar e todos vão querer se distanciar de mim.

– Você tem dinheiro?

– Tinha uma vida confortável, mas nenhum dinheiro guardado.

Alfredo engatou uma pergunta sobre filhos. Luiz Flávio contou de Bruno.

– Bruno, o moreno?

– Como você sabe que ele é moreno?

– Ora. Não sei. Sei que Bruno significa "o moreno". De cor escura. Tem origem germânica. Em sentido figurado, sombrio, melancólico, infeliz – descreveu o hebiatra, com ar de intelectual.

– Meu filho é muito feliz. Corre o dia inteiro, adora pedalar e correr pela vizinhança. Sempre acompanhado do nosso cão.

– Como acha que ele aceitará a sua ausência?

– Não pensei sobre isso ainda.

Na cela ao lado de Alfredo, diagonal a Luiz Flávio, outro detento lia uma revista e em momento algum preocupou-se em engatar conversa ou ao menos apresentar-se. Contudo, também não demonstrou contrariedades ou vilania em seu semblante. *Cada um tem sua personalidade*, pensou Luiz Flávio.

Luiz Flávio tentava se adaptar à vida na cadeia. Aguardava a vinda de um advogado para traçarem as bases de sua defesa, mas não sabia, por ora, se o advogado viria da parte de Fernanda ou, acaso, seria indicado um defensor público. Empenhava-se em colocar o seu dia dentro de uma rotina, a exemplo de seu colega de carceragem. O banho de sol acontecia depois do café da manhã. Um carcereiro abria a jaula e os levava para uma pequena área ensolarada do lado de fora da construção, entre o prédio e o muro. Podiam fumar ali, hábito que Luiz Flávio incorporou rapidamente, pouco tempo após ter-lhe sido oferecido o primeiro cigarro. Esperava a visita de Fernanda para lhe pedir dinheiro, porque fora informado que, mais dia menos dia, alguma cobrança iria surgir.

Nos intervalos entre as refeições, buscava preencher as horas dormindo muito. Contudo, era tanto tempo disponível e nenhuma outra ocupação que ficava difícil fugir de ideias nebulosas, pessimistas e autodestrutivas. Pensava na vida que levava antes de ser preso, e que agora perdia. Lá fora, os dias transcorriam, na cadeia, era como se fossem riscados. O que o senhor Augusto e os seus amigos da empresa estariam pensando dele? E os amigos da banda, que o conheciam desde as fraldas, estariam perplexos e com dificuldade de acreditar? Passou a sentir um desejo insuportável de tocar e cantar, imaginou que poderia redirecionar a tragédia pessoal para a construção de algo grandioso, por que não? No entanto, ali não havia a possibilidade e ela não se apresentaria tão cedo. Não aprendera ainda a arte de subornar os carcereiros e não se atreveria a tentar, não por enquanto. Doía muito a separação de Bruninho. Não poder beijar seu rostinho pela manhã antes de trabalhar e, ao chegar em casa à noitinha, passear com ele e Big King pelas redondezas.

– Por que vive o homem? – perguntou certa vez ao colega deitado no catre ao lado.

– Ora, para sofrer, com certeza – disse Alfredo, enquanto soltava a fumaça do cigarro, conforme confidenciara a Luiz Flávio, paraguaio de cinquenta centavos, comprado de um carcereiro traficante.

– E qual o sentido de sofrer?

– Talvez para ter espaço para evoluir, não se acomodar. Tentar fugir do sofrimento em busca de algo. Ter o sofrimento como parâmetro do que não é bom.

– Acho que somos uns idiotas. Por qual motivo esburacamos nossa estrada ou a empedramos quando poderíamos pavimentá-la com asfalto? Evoluiríamos sem ter que passar por processos dolorosos.

– Não se culpe. O que está feito está feito. O que não tem remédio, remediado está. Não é assim o ditado?

Luiz Flávio não respondeu, porém, concordou, lembrando outro provérbio popular: não adiantava mais chorar o leite derramado, nada faria o tempo voltar atrás.

Ele aos poucos abandonava a preocupação do que seus amigos e conhecidos estariam fazendo de sua imagem para preocupar-se com questões mais práticas, como as relacionadas ao dinheiro.

Finalmente, depois de alguns dias, Fernanda apareceu para visitá-lo. Luiz Flávio foi levado por um guarda para uma salinha no térreo do mesmo prédio da sua ala, onde os presos recebiam as visitas. Dentro das salas, não havia separações, de modo que os presos podiam conversar livremente, sem o risco de serem ouvidos.

Quando Luiz Flávio adentrou a sala, observou Fernanda em pé à sua espera. Vestia uma minissaia e uma blusinha decotada, o cabelo loiro erguido em coque exibia um pescoço liso e bronzeado. Ao se aproximar, sentiu o perfume Dolce & Gabbana preferido dela. Luiz Flávio pensou perplexo: *linda a minha mulher, mas vestida assim talvez deseje a minha morte; ou é ingênua como a flor da manhã ou maquiavélica como o diabo.* Observou em seus olhos a tranquilidade de alguém que pensara muito a respeito e que talvez tivesse desanuviado os piores pensamentos. Não havia sinais de assombro ou apreensão que as pessoas costumam expressar quando adentram pela primeira vez em um ambiente de prisão.

— Oi, meu amor — arriscou Luiz Flávio.

Sentaram-se em uma mesa baixa, semelhante a uma carteira escolar, em duas cadeiras igualmente baixas, como crianças colegas de escola. Contudo, por um instante, ficaram em silêncio, olhares constrangidos, olhos fugidios um do outro. Fernanda quebrou o silêncio.

— Como você está? — olhou para o tufo de cabelo loiro sobre a cabeça raspada dele, mas nada comentou. A beleza do marido havia se extinguido. A harmonia do rosto desaparecera e restara um par de olhos azuis sem brilho.

"Oi, meu amor", foi a coisa mais ridícula que ele poderia ter pronunciado para a primeira frase a dizer no reencontro. Como se nada tivesse mudado, como se ela ainda fosse a esposa amorosa e gentil, a amiga que o acompanharia para o resto da vida.

— Por enquanto, estou bem. Mas precisamos ajustar as coisas. Conseguiu um advogado para mim?

— Estou à espera do contato do senhor Augusto. Deixei algumas mensagens no celular, mas ele não respondeu.

— Fernanda, é urgente. Não posso esperar mais. Como você acha que farei minha defesa?

— Calma, vou conseguir. O Estado deverá providenciar um defensor público para você, caso demoremos em contratar um bom advogado.

— Defensor público?

— Tudo é tão novo e não conhecemos ninguém desta área na cidade. E são todos caríssimos. Estou esperando alguma sugestão do senhor Augusto.

— Estou só aqui. Nenhum contato externo até agora. Ninguém apareceu para uma visita.

— O que você esperava?

— Um pouco de confiança.

— Enquanto algo de concreto não surgir, todos terão medo de se envolver.

— Você acha que fui eu.

– Não me ponha nesta situação. Tudo o que eu achar será mera suposição. Para acreditarem em você, terá que haver algo concreto que os contradigam, porque, de concreto até agora, apenas os exames de DNA.

– Exatamente por isso preciso da ajuda de um advogado.

– Já disse que vou tentar te ajudar. Se acalme.

– Tentar?

– Você não está em posição de exigir nada, Luiz Flávio, nem de mim, nem de ninguém.

– Eu sei, mas você não sabe como é difícil estar aqui sob uma acusação destas. Como está Bruninho?

– Não se preocupe com ele. Pensa que você está em viagem. Aos poucos entenderá a situação.

– Vou precisar de dinheiro. Aqui a vida se baseia no suborno. A cela em que durmo está segura por enquanto, mas o custo virá.

– Tenho algum dinheiro comigo – entregou a ele uma certa quantia – imaginei que seria necessário. Eu estou procurando emprego. Talvez lecionar, algo que nunca fiz na vida.

– E nossa casa? Como faremos para pagar o financiamento? Todo nosso patrimônio está nela. Serei demitido e não teremos dinheiro suficiente para cobrir os gastos, mesmo que você arrume um trabalho.

– Não temos como mantê-la – concordou Fernanda. – Teremos que colocá-la à venda. Além do mais, os honorários advocatícios de um bom profissional são altíssimos.

– Impossível pagar tudo – resignou-se Luiz Flávio.

– Você não quer saber o que aconteceu? O que fizeram de você?

– Não sei.

– Foi muito ruim, Luiz Flávio – Fernanda falou mesmo assim – a imprensa jogou gasolina no fogo. Mil versões sobre como aconteceu o estupro e o assassinato. Refizeram seus passos no dia do crime, o tempo que supostamente levou para cometer a selvageria até voltar para casa. Da forma como demonstraram, parece que não havia mesmo como não ter sido você. A empresa soltou uma nota de repúdio, dizendo que se condoía com a família da vítima e se colocou à disposição para ajudar financeiramente. Disseram que selecionam seus funcionários com os melhores critérios disponíveis e que fazem avaliações psicológicas de todos os contratados, mas que, às vezes, certas situações fogem do controle. Não houve uma única voz para defendê-lo. Durante vários dias ficamos trancafiados, sem poder sair à rua, porque a imprensa armou uma tocaia na frente da nossa casa. Um horror. Até hoje me perseguem aonde vou. E se prepare: quando o caso for a júri, porque deve ir, tudo voltará à tona. Pode esperar.

– Não negligencio a gravidade do caso, nem o estrago que fez em nossas vidas. O fato é que o caso ocorreu e fui arrolado.

– Falarei com o senhor Augusto. Fomos tão amigos, talvez ainda haja um resquício de carinho. Pelo menos por Bruninho.

Enquanto tentava acertar alguns detalhes com Fernanda a respeito de Bruninho, guardas cochichavam e sorriam em direção a eles.

– Acho melhor você ir. Não gosto desses guardas olhando para você.

– O que pode acontecer?

– Com você? Nada. – Luiz Flávio levantou o queixo em direção aos carcereiros, como se perguntasse, "o que estão olhando?" – da próxima vez que vier, venha como uma freira, por favor – Fernanda sorriu sem graça, sem entender se ele fizera o pedido motivado por ciúmes ou por algo que ela ainda não compreendia.

Quando Fernanda deixava o recinto, os carcereiros voltaram-se para ela, olhando-a de cima a baixo, então novamente cochicharam algo que não foi possível ouvir.

– O que há com vocês? – perguntou impetuoso, sem pensar nas consequências.

– Escute aqui, estuprador. Baixe o tom de voz. Se sua mulherzinha der mole, a gente traça, aqui tu é nada – respondeu um carcereiro miúdo, de olhos puxados, barba e cabelos brancos, compridos e malcuidados, já nos seus 60 anos.

Luiz Flávio engoliu em seco. Foi levado de volta à carceragem algemado com as mãos à frente do abdome, escoltado por dois guardas. Sacudiam-no ora à direita, ora à esquerda, sob brutalidade inédita.

Jogado de volta à jaula, liberto das algemas, usou dos punhos para proteger-se do encontro à parede. Seu companheiro voltou-se surpreso.

– Fazendo amigos na carceragem, Luiz Flávio? – riu Alfredo após ouvir os impropérios proferidos por ele assim que escutou o clangor do fechamento do portão de ferro que isolava a ala.

CAPÍTULO 6

Luiz Flávio chutou o próprio colchão no chão. Alfredo quase se engasgou com a fumaça diante do atropelo do riso que lhe veio.

– Bate em algo duro pelo menos. A dor muda o foco da raiva, acho que é assim que funciona.

Luiz Flávio pensou em xingá-lo, mas se conteve.

– Não faça nada que vá se arrepender depois – Alfredo parecia ler pensamentos – já basta o assassinato.

– Não fui eu. Já disse.

– Ok, ok, não vamos entrar nesse mérito novamente. Conte, a minha curiosidade arde. O que foi que aconteceu?

Luiz Flávio se acalmou e explicou ao companheiro as gracinhas dos guardas, mas isso, no final, era irrelevante. Preocupava-se com o futuro da sua família; engasgou-se ao contar sobre Fernanda e, sem que Alfredo tivesse perguntado, pôs-se a relatar como a conheceu.

– Era nosso primeiro show. Quando éramos adolescentes, eu e meus amigos nerds formamos uma banda para sermos notados pelas garotas. Embora não tocássemos muita coisa naquele momento, mesmo que soubéssemos quão clichê seria, entendíamos que podia funcionar.

— Então você tinha uma banda na adolescência, é?

— Sim. E você não vai adivinhar o nome.

— Nem vou tentar. Mas ficaria feliz se me contasse.

— Réus inocentes.

— Réus inocentes! Muito apropriado, Luiz Flávio, muito apropriado — debochou Alfredo.

— E foi assim. Nos dedicamos nos ensaios, aulas teóricas e tudo o que envolve aprender um instrumento. Fiz cursos de canto e aprendi algumas técnicas vocais. Quando a cortina subiu, a primeira visão que tive foi de uma loirinha na primeira fila segurando uma garrafa de cerveja *long neck*. A proximidade do palco me permitiu observar detalhes da sua beleza. Seios salientes e apertadinhos sob uma camisetinha branca. Uma malícia inexplicável e sem direção no olhar. Eu tinha 17 anos e a cara cheia de espinhas. Começamos a tocar algumas músicas que havíamos ensaiado: uns *rocks* clássicos de dois ou três acordes cada. O pessoal pulava e cantava conosco. Todos pareciam empolgados, menos ela, que não se mexia. Nos observava, mas não parecia impressionada, um ar de indiferença quase arrogante. Quem será essa garota? A timidez sempre foi um empecilho às minhas pretensões, mas no palco, fantasiando ser um grande cantor, me sentia enorme e, sendo assim, tomei uma decisão.

— Você tomou coragem e se apresentou a ela? – perguntou o médico, com interesse.

— Não sabia como fazer. No entanto, no intervalo, Marcelo, o nosso baixista, soprou no meu ombro enquanto pendurava o instrumento ao suporte.

Luiz Flávio fechou os olhos e pôde voltar à cena:

— Posso te apresentar.

— Como assim, me apresentar a quem? Do que você está falando?

— Ora, Luiz Flávio, todo mundo está vendo que você não tira os olhos dela.

— Então, você a conhece?

– Claro. Mora na esquina da minha rua. É a Fernanda.

Luiz Flávio sentiu o calor do verão daquele dia, uma brisa leve e quente soprava pelos janelões abertos do clube do comércio. Uma antiga construção dos anos 1950, projetada para a apresentação de grandes orquestras. O suor não secava, as mãos tremiam e ele gaguejava. Ela, por sua vez, não ajudou. Tentou engatar uma conversa, perguntou se estava gostando do show. "Legal", foi a resposta curta, mas emendou que, no entanto, o repertório não é completo, logo se vê que são amadores. A resposta chocou, mas não estava a fim de desistir, então falou que ela tinha razão, eram mesmo amadores, não tocavam muita coisa, mas podiam evoluir. Naquele momento o produtor os chamou de volta ao palco – foi um alívio. Contudo, em arroubo de coragem, perguntou a ela o que precisaria fazer para que aceitasse um encontro qualquer dia desses. Ela respondeu, sem hesitar, que se aprendessem a tocar uma música de que ela gostava muito, pensaria a respeito.

– E qual música seria essa? – perguntou Alfredo.

– Comfortably numb.

– Pelo visto, deve ter aprendido a tocá-la, e muito bem.

– Levamos meses ensaiando os solos de guitarra. No final, era apenas passável, distante, creio, do som original, mas que ela ou não percebeu, ou já havia resolvido me dar uma chance.

– E o que aconteceu depois? – insistiu Alfredo.

– Passamos a nos encontrar mais. Surgiu uma amizade que lentamente foi se tornando namoro. Passei a amá-la, ela se tornou minha referência, meu ponto de partida. O sexo não era o mais importante na época, não como agora, era um gostar adolescente, ingênuo, a transição da adolescência à vida adulta. Ela era forte, eu, imaturo e inseguro, tanto que disse a ela que gostaria que o tempo parasse para que pudéssemos permanecer como estávamos para sempre. Como o futuro é sempre incerto, eu pressentia que coisas ruins aconteceriam, mas ela agarrou meu braço e falou que seria enfadonho congelar o tempo, viver a mesma cena dia após dia. Eu devia viver a realidade das coisas e não exagerar nas probabilidades e nos eventos raros.

– No final, era você que estava certo.

– Sim, mas eu acreditei nela. No entanto, os anos passaram, o sonho rock adolescente morreu. Precisávamos definir o que faríamos no futuro e não estávamos convictos do nosso talento no cenário musical. Nossos pais nos pressionavam para que estudássemos e deixássemos de lado a ilusão de viver de música. Não foi difícil desistir de tudo. Me formei em engenharia, Fernanda, em pedagogia, e eu aceitei um emprego em uma fábrica de implementos agrícolas, a Rotschild.

– E agora? Quanto você acha que sobrará do amor que ela sentia por você? – um atento Alfredo jogava a interrogação para o alto na atmosfera abafada e sem saída do cubículo em que estavam encarcerados.

CAPÍTULO 7

A equipe jurídica da Rotschild contava com cinco advogados e três assistentes que se revezavam no auxílio aos graduados através de pesquisas legais e na preparação de documentos e suporte administrativo. Todos aguardavam a definição de quem acompanharia o senhor Augusto na visita ao presídio para tomar a versão do acusado. Era necessário colher informações e sondar os objetivos do funcionário egresso. Uns roíam as unhas, outros fingiam pesquisar algo no celular. Andreia mantinha-se atenta às expressões faciais de Márcio, o chefe sênior.

– Você foi a escolhida – largou de supetão, apontando o dedo em direção a ela, assim que a reunião teve início. Ouviam-se claramente suspiros profundos por parte dos outros colegas preteridos.

– Por que eu? – perguntou Andreia, atônita com a incumbência.

– Quer que eu diga? Você possui vários atributos na área comercial, é muito habilidosa na condução das várias etapas das negociações e no fechamento dos contratos. Quer mais? Confio no seu conhecimento jurídico e na sua capacidade de negociar os melhores acordos para a empresa. Compreende a dinâmica dos negócios, comunica-se de forma clara e acessível, transforma as pequenas letras nos rodapés dos contratos em informação inteligível e aplicável. Por esses motivos, foi escolhida para acompanhar o seu Augusto na ida ao presídio para falar com o acusado. É o suficiente?

— Mas é como pedir a um barbeiro para abrir um cérebro — disparou, nervosa.

O chefe balançou a cabeça, franziu a testa e riu da comparação, mas insistiu.

— Você dará conta.

Andreia respeitava Márcio, o sócio-gerente, porque, além de líder, ele era seu amigo. Participara muitas vezes de almoços de domingo com sua família e *happy hours* de final de tarde com outros colegas, geralmente em comemoração após alguma aquisição ou fechamento importante. Mantinha amizade com Solange, a esposa dele. Ela sempre a procurava quando precisava de favores ou um ombro amigo para desabafar ou mesmo se queixar do marido devido a alguma rusga doméstica cotidiana. Preocupou-a, no entanto, as implicações da mídia que o caso suscitaria, o que, a depender da evolução, poderia facilmente descambar para algo não interessante para a empresa. Imagem negativa envolvendo escândalos de assassinato ou crimes sexuais eram motivos suficientes para quebrar qualquer negócio consolidado. Mas e a propaganda para ela? Poderia ser interessante se conduzisse bem o processo e fosse vista com bons olhos pela chefia. Quem sabe o convite para a tão sonhada sociedade? Mas também poderia ser demitida se o acusado resolvesse associar a própria imagem à da Rotschild e o escritório não conseguisse blindar a empresa do escândalo. Afinal, Luiz Flávio possuía um alto cargo dentro da organização. Pensou estar em uma encruzilhada na qual a escolha do caminho poderia decidir o seu futuro, não apenas no trabalho, mas o futuro na vida. Tirou o resto do dia de folga, precisava espairecer para fazer a melhor escolha. Estava marcada a visita ao presídio às 9h do dia seguinte.

CAPÍTULO 8

O carro encontrou Andreia às 8h, de café tomado, em frente ao prédio de apartamentos em que morava. O motorista abriu a porta para ela. Dentro do automóvel, um senhor a recebeu de cara fechada e mal dignou-se a lhe dar bom-dia. A advogada tentou entender os motivos da aflição no semblante do homem. Por ter sido escolhida pela chefia para engajar-se na campanha, ela deveria tomar informações de ambas as partes para projetar qualquer defesa que necessitasse suportar nos próximos dias; era ela quem legalmente representaria os interesses da empresa em um eventual processo judicial. Tentou, desse modo, extrair algumas informações.

– O senhor era muito próximo de Luiz Flávio?

O homem a encarou com ares de enfado e, após suspirar, respondeu.

– Meu subordinado. Fui de certo modo responsável por sua ascensão na empresa.

– Se sente culpado por tê-lo promovido?

O olhar dele faiscou.

– Por que me sentiria culpado? Não tenho controle sobre as mentes e personalidades das pessoas.

– O senhor de alguma forma poderia ter imaginado o acontecido?

Seu Augusto retesou-se no encosto do automóvel e secou as mãos suadas nas calças.

– Por que raios você poderia insinuar uma coisa dessas?

– Sei lá. Por ter convivido tão de perto, poderia ver indícios, alguma mudança no caráter ou nos padrões de comportamento.

O executivo respirou fundo, tentando controlar a emoção, um vulcão prestes a explodir.

– Não vi nada que ligasse meu alerta. Sei que se arrojou nas apresentações musicais, retomou a banda. Mas o que tem de mais nisso? Você conseguiria descobrir um psicopata através desses vestígios?

– Creio que não.

– Então, por que me arrolar com essas perguntas ridículas? Já participou de inquéritos dessa natureza? Quero dizer, algo na esfera criminal?

– Trato de questões cíveis e comerciais, como o senhor bem sabe.

– Quais os seus méritos para este trabalho?

– Deveria fazer essa pergunta para o Márcio. Ele quem me mandou acompanhá-lo.

– Entendo. Ainda acho que deveríamos ter trazido um criminalista ou alguém mais experiente nessas questões – falou entre dentes, mais para si do que para ela, porém sem conseguir controlar o volume da entonação.

– Se o senhor quiser, pode me deixar na próxima esquina. Eu pego um Uber.

O senhor Augusto olhou zombeteiro para Andreia, no entanto, fez um sinal para que o motorista continuasse o trajeto até o presídio.

Embora não tivesse sido demitido oficialmente, Luiz Flávio sabia que a hora chegaria. O tamanho da dor que sentiria ao ler a carta não sabia mensurar. Imaginava tons formais, linguagem jurídica, uma daquelas cartas padrões, frias, impessoais. Certa hora daquela manhã fria e cinzenta, no entanto, fora chamado para a salinha de visitas, porque algumas pessoas queriam vê-lo. Colocou o casaco da cor laranja e partiu, com um estranho vazio na barriga, acompanhado pelo carcereiro, ao encontro das figuras desconhecidas.

O homem estava de costas, em pé, com as mãos nos bolsos da calça. O olhar detinha-se em um quadro da Santa Ceia emoldurado na parede. A mulher esperava sentada na cadeira baixa da salinha de visitas. Luiz Flávio não reconheceu de imediato a silhueta do visitante. Pigarreou, para fazer-se percebido, no mesmo instante em que o senhor se virou para encará-lo. A sensação estranha transmutou-se em esperança quando pôs os olhos na figura do senhor Augusto. Luiz Flávio exibiu um sorriso em direção ao seu antigo chefe enquanto alcançava as mãos algemadas para um cumprimento. O protetor de sua família o fitou por um instante, suspirou, apontou as cadeiras para que se sentassem, sem lhe tocar as mãos e, por fim, perguntou:

– Conte-me, Luiz Flávio, o que aconteceu? Quero ouvir a sua versão dos fatos.

Este sentiu, de súbito, a garganta secar, por isso as palavras falharam à tentativa de pronunciá-las, parecendo que hesitava. No entanto, recuperou a compostura e, após pensar alguns segundos, respondeu:

– Se eu soubesse o que aconteceu, não estaria aqui, poderia me defender das acusações.

– Não sabe que foi acusado de um crime terrível?

– Claro que sei, o que não sei é como fui arrolado neste imbróglio. O senhor me conhece, sabe que jamais faria algo...

Luiz Flávio até pouco tempo atrás considerava-o um segundo pai e, no momento, ele era a sua principal aposta de ajuda.

– Pensei que o conhecesse.

– Deve haver algum engano nisso tudo.

– Vou falar o que aconteceu. Estuprou e matou essa senhora e agora pagará pelo que fez.

– O senhor já me condenou? Não vai esperar o fim do processo? – balbuciou Luiz Flávio, surpreso.

– Não preciso. Sei que foi você.

– Como pode saber?

– Você não se lembrará, mas no dia do aniversário do Bruninho você foi à minha sala e então comentei sobre um exame de sangue que a empresa exigia que seus funcionários realizassem.

– Lembro que coletei uma amostra de sangue, mas não lembro a intenção.

– Era a amostra de sangue para o Banco Nacional de Perfis Genéticos. O cadastro nacional. Somos uma empresa americana e não confiamos muito no caráter dos brasileiros. Pelo visto, estávamos certos. Poupamos os funcionários do convívio com um estuprador e assassino, que agora está no lugar certo.

Luiz Flávio estava pasmo. Tentou ordenar em questão de segundos a balbúrdia de pensamentos desconexos. A informação era importante demais para ser ignorada. Participara de uma campanha sem nem mesmo perguntar o motivo, tal a euforia na época devido ao aniversário de quatro anos de Bruninho.

– Isso não prova que sou o culpado – respondeu num reflexo.

– E pensar que você parecia ter sido nossa melhor contratação nos últimos anos. Os seus colegas o respeitavam. Era competente no que fazia. Até na equipe de futebol se destacou.

Luiz Flávio balançava a cabeça negativamente, enquanto o senhor Augusto continuava.

– Não pensou em sua família? Em Bruninho, em Fernanda? Veja o que acontecerá com suas vidas.

– Como pôde fazer isso a eles? – Luiz Flávio aumentou o menear de cabeça em incessante repetição.

– Não estou fazendo isso a eles. Estou fazendo a você. Terá que arcar com os custos de seus atos. Você foi demitido. Não queremos associar o nome da empresa ao seu. Foi varrido do mapa da companhia. Moveremos um processo na esfera cível pelos danos à imagem da empresa. A população precisa saber que abominamos atitudes como essa. Não compactuamos com bandidos de qualquer espécie. Quase dei risada quando Fernanda veio me pedir ajuda para conseguir um advogado para livrá-lo da prisão. O financiamento do imóvel estava em garantia da instituição, do seu emprego. Vamos retirar nosso aval e a casa será devolvida. Não terá mais dinheiro para quitação, não receberá o montante da venda. Não conseguirá pagar um bom advogado.

– Você veio aqui para me torturar? É isso? O que ganha com tamanha crueldade? – Luiz Flávio bateu com as duas mãos espalmadas no tampo da mesa que os separava e se ergueu num ímpeto.

Augusto se levantou em ato reflexo, encarando o oponente. Promessas duras de retaliações nos olhares.

– Justiça. Faremos justiça. À família da vítima, à sociedade, ao país, ao mundo.

– O monstro aqui é você! Isso não vai ficar assim. Justiça? Você fala em justiça? Pois ela chegará, Augusto, com certeza, para o senhor também. Tá vendo esses dedinhos aqui? – balançou as mãos com as algemas e deu uma risada. – Estão loucos por justiça ao redor do seu pescoço – Luiz Flávio conseguiu dizer, antes de levar um chute na parte de trás do joelho, dobrando-o, e ter rosto apertado contra o tampo da mesa.

Na posição superior em que estava, o senhor Augusto olhou com desprezo pela última vez para seu antigo funcionário. A amizade desfeita sem honras. Apontou ao guarda para abrir a porta para que saísse e pudesse sentir o ar puro da rua novamente. O bolor da prisão – uma mistura de óleo de cozinha queimado com suor humano e índoles maléficas vagando pelo teto do estabelecimento – deixara-o nauseado.

CAPÍTULO 9

Andreia ficara atônita ante a cena presenciada. No entanto, o peso das palavras a inquietara. As questões ali colocadas carregavam ressentimento. Tomar partido naquela polaridade de ódio não condizia com aspectos de sua personalidade e o que entendia como justiça. Os clamores proferidos precisavam da validação que só uma análise mais criteriosa poderia decidir.

– Preciso conversar a sós com o acusado – virou-se abruptamente para o senhor Augusto, que andava a passos largos em direção à saída.

– O que você quer saber? Tenho todas as informações de que precisa – devolveu ríspido.

– É óbvio que ele tem coisas a dizer, mas que se reserva de falar na sua presença.

– Você se acha capaz de fazê-lo confessar? – uma nota de empolgação na voz.

– Quem sabe.

– Você poderia gravar a conversa no celular sem que ele percebesse. Isso valeria como prova?

– Pode ser. No entanto, não sei se seria muito ético.

– Mas ele é um assassino.

– Não está provado ainda.

– As provas são robustas. Por favor, de que lado você está afinal?

– Não se trata disso, senhor Augusto. Entretanto, para que ele confesse, é preciso ganhar sua confiança.

– Acho que vale a tentativa. Aguardarei você no carro – Augusto girou nos calcanhares em direção ao estacionamento para funcionários do presídio com um leve sorriso no rosto. *Até que essa menina não está se saindo mal*, pensou.

Andreia fez sinal para que o agente aguardasse um instante antes de devolver o preso à gaiola.

– Só mais cinco minutos – ordenou o funcionário – visitas têm horários definidos.

Luiz Flávio olhou desconfiado para a moça que voltara sozinha para ter com ele o aparte. Mal havia percebido sua presença durante o embate com Augusto. Como, no seu entendimento, viera a serviço da empresa, não poderia ser ela de grande valia para sua defesa, de modo que se mostrou reticente.

– Também quer destilar o seu ódio contra mim? Precisa liberar a sua fúria, socando um saco de pancadas? Veio chutar um cachorro morto?

– Se acalme, Luiz Flávio. Preciso entender algumas questões apenas.

– Seja rápida, por favor.

– O senhor Augusto parece não gostar nada de você.

– Ele está certo de que cometi o crime.

– Como diz aquela famosa frase: não existe um pecado mais vergonhoso do que enganar alguém que acreditou em você. As pessoas, no entanto, às vezes fazem julgamentos muito rápidos, não acha? Nós, advogados, não agimos assim. Precisamos de provas contundentes. Muitas vezes nos surpreendemos com o resultado, mesmo contra todas as evidências iniciais sugerindo o contrário. Não gosto de cometer injustiças na tentativa de fazer justiça.

Luiz Flávio se surpreendeu com o comentário, sentindo um leve sopro de ar gelado nas faces coradas.

– Pelo que entendi, ele foi uma espécie de protetor seu na empresa.

– Claro, tanto que o escolhemos para ser padrinho do meu filho Bruninho.

– Deve ser difícil para você ter de enfrentar a fúria dele assim.

– O seu comportamento em relação a mim consegue deixar tudo ainda pior.

– Não se preocupe, Luiz Flávio, mesmo sendo paga pela empresa, não deixarei que nada não transpareça a verdade. Independentemente do que for.

– O que posso dizer a você? Sou inocente. Mas todos dizem isso, não é mesmo?

– Provas. Você poderá provar o contrário? Só será condenado se as provas o condenarem. Se você lembrar de alguma coisa e quiser me contar...

Após pensar alguns instantes tentando clarear os pensamentos, como se encontrasse uma pepita no solo lamacento, disparou.

– O recibo do ingresso do cinema. Eu vou todas as terças-feiras ao cinema, sozinho, é um pequeno ritual.

– Você tem mesmo esse comprovante do ingresso?

– Peça para Fernanda entrar na minha conta do aplicativo. Lá tem todo o histórico de compras. Vai ver que eu vou quase toda terça-feira; é dia de estreias, gosto de ser o primeiro a assistir.

Andreia não comentou, concedeu alguns segundos mais a observar o detento. Havia algo no olhar dele. Tirou da bolsa um cartão de visita e o entregou a Luiz Flávio.

– Este é o meu contato.

CAPÍTULO 10

O homem que se apresentou a Luiz Flávio naquela manhã radiante de terça-feira possuía uma barba que cobria toda a face. O bigode grisalho espesso completava a pelagem branca até a parte superior do rosto, deixando à mostra apenas um par de olhos escuros e miúdos. Vestia blazer e calças sociais pretas seguras por suspensórios em tiras vermelhas, cuja combinação com a gravata borboleta na mesma cor parecia ter sido ideia de um estilista pessoal. A credencial apresentada revelava um nome e uma profissão: Alexandre Cavalheiro, advogado criminalista. Pela pompa, Luiz Flávio temeu pelo custo que Fernanda dispensara para aquela primeira visita. O eminente apertou a mão desvencilhada das algemas de Luiz Flávio e pediu que se sentasse. Reafirmou o caráter prévio da reunião, conforme ajustado com Fernanda. Uma conversa com seu possível cliente para o aceite da proposta ou a recusa dos seus termos. Para Luiz Flávio, as opções eram escassas e, preso ali, não tinha poder de escolha. O homem de cinquenta e poucos anos aparentava experiência no ofício. Abriu a maleta executiva própria para advogados com um estalido e dali tirou um calhamaço de papéis, sacudindo-os na frente do cliente.

– Tudo o que temos está contido nestas linhas – indicou o advogado.

– E, então, doutor, o que o senhor acha?

– Qualquer um que lesse o processo frio no papel diria que o senhor é o criminoso, porém, vendo-o pessoalmente, a dúvida grita. No entanto, precisamos ser realistas. A chance de conseguir fazer os jurados entenderem que o senhor é inocente é nula. Basearemos nossa defesa em atenuar o crime. Diminuir sua pena ao máximo.

Luiz Flávio ouviu, estupefato, o advogado. Quem ele pensava ser para vir até ele propor que não fosse inocente. Queria restabelecer toda sua imagem anterior ao fato. Recuperar sua credibilidade e honra, remover qualquer mancha de seu currículo, voltar à sociedade. Tinha planos e objetivos para continuar sua vida. Atenuação de pena e nada dava no mesmo. Por isso, voltou-se ao advogado.

– Doutor, preciso que me declare inocente. Objetivos de atenuação de crime tornam-me culpado do mesmo modo. Como o senhor imagina me devolver a vida que usufruía antes se não me libertar?

– Olha, Luiz Flávio, aqui diz que foi achado vasto material genético na cena do crime e o leva diretamente a você. Como pensa explicar esse fato?

– Não sei, não faço ideia – suspirou Luiz Flávio – mas temos o comprovante do ingresso do cinema. Eu estava em outro lugar na hora do crime.

– É muito pouco – ponderou – vamos descobrir uma maneira de atenuar sua culpa. Tipo inventar uma bebedeira, um ataque epiléptico, um devaneio.

– E isso lá funciona? – questionou Luiz Flávio.

– Deixe-me analisar uns dias. Vou traçar algumas estratégias e depois proporei a você. Pense também em como poderá me auxiliar. No momento, não interessa se você é culpado ou inocente. Tudo leva a crer que é culpado, mas não me compete julgá-lo. Recebi a incumbência de, ao menos, diminuir sua pena.

Luiz Flávio deixou-se abater, remoendo ainda mais a chaga aberta no fundo da alma. No entanto, tentou suprimir seus sentimentos da vista do causídico. Embora não fosse a ideia de defesa que imaginara, pensaria a respeito. Outra questão o estava pressionando e envolvia sua família: o processo de indenização e a retirada do aval da empresa para o financiamento da casa. Todas as suas economias e o teto que protegia a família estavam sendo ameaçados pela grande mãe até ali. A empresa Rotschild.

– Sou criminalista, não lido com causas cíveis, mas posso indicar um colega – falou o advogado depois que entendeu do que se tratava a petição mostrada por Luiz Flávio.

– Os honorários são caros? – inquietou-se Luiz Flávio, temendo a resposta.

– Devem ser, Luiz Flávio. O que não é caro neste mundo? Só a miséria não é cara, esta é de graça – riu o advogado, citando algum autor antigo.

A risada do advogado era a última gota que cabia no balde de Luiz Flávio. Ele estendeu a mão para pegar o cartão de visita do advogado civil, rápido antes que outra gota pingasse e o transbordasse. Num átimo, o advogado desapareceu no labirinto de portas e grades das galerias do presídio, com a risadinha sarcástica reverberando até morrer em seus ouvidos. Sem perceber, com os dentes enrijecidos, amassava o papel de cartolina na mão.

CAPÍTULO 11

O clima na boate Harmony Haven pegava fogo e a lotação beirava o máximo. Garçonetes com as bandejas ao alto rodopiavam de um lado a outro, incansáveis, na ânsia de desafogar o ardor das clientes sedentas. O que seria o calor senão um ingrediente irresistível para ingerir taças e mais taças do melhor e mais caro champanhe da adega da casa noturna? Andreia se esforçava para ouvir o que seu par gritava nos ouvidos, tamanho o volume da música eletrônica, mesmo que estivessem distantes das caixas sonoras, no espaço VIP da boate. A DJ, empolgada, esforçava-se para fazer a galera dançar, num cerimonioso repertório de clichês entoados no volume máximo ao microfone:

— Vamos lá, galera, estão prontos para a melhor noite de suas vidas? Preparados para uma viagem sonora inesquecível? Esse momento é de vocês, vamos arrasar!

Andreia, neste ínterim, já sob os efeitos do álcool, parecia não se impressionar com os beijos da ficante. Da boca que a beijava já conhecia o gosto e o toque das mãos no seu corpo não lhe causava mais arrepios como das primeiras vezes. O peso da mulher sentada no seu colo deixava-a com sensação irritadiça de não poder movimentar as pernas e os braços. Em outro momento, isso não a incomodaria, mas não nesta noite. Outra questão não a deixava relaxar.

A intuição é sempre um sentido falho, mas como negar esse impulso em acreditar em alguém – a força que emergia do fundo da alma e que fazia aflorar uma onda de compaixão e pena. A droga da inexperiência faz do indivíduo um ingênuo nato. O bom coração que se entrega à conversa mole de um estelionatário. A relação conflituosa entre o real e o abstrato. Pensava no preso que visitara pela manhã. Um ser humano, pai de uma criança e marido presente, envolvido em um crime de tamanha magnitude. Como poderia isso ter acontecido? Talvez tivesse escolhido mal a especialidade. Sempre adorara as aulas de criminologia da faculdade. As melhores notas no currículo sempre foram nas matérias de penal. Não lembrava o real motivo de ter ido para a área cível. De repente, a cabeça começou a rodar, um princípio de náusea se acentuou no estômago, a consciência de que ultrapassara os limites do que seu corpo poderia aguentar de bebida. Não queria vomitar na frente da *crush*, por mais que já não se preocupasse com o que ela iria pensar. Entretanto, não tinha nenhum interesse em emporcalhar o chão da boate e ainda liberar aquele odor – já imaginava todos ao redor recuando e apontando o dedo.

Pensou em escapulir dali antes que fosse tarde demais. Quanto mais se movimentava em direção ao balcão do bar para refrescar o corpo com uma grande garrafa d'água, mais sua cabeça rodava e mais o seu estômago se rebelava. *Idiota*, pensou. O *affair* fora ao banheiro um instante, ocasião em que ela aproveitou para cruzar o salão, em direção à saída. O rosto encharcado de suor, em um estado de quase desidratação, não tinha condições de esperar ninguém para se despedir. Depois, mandaria uma mensagem se desculpando. Agora, precisava salvar sua vida. Uma vez na rua, os ânimos do mal-estar se atenuaram quando recebeu uma lufada de ar fresco em seu rosto. A garrafa d'água também ajudou. O vento, o ar, a água. Quantas coisas lhe auxiliaram a recobrar os sentidos. Mas e o preso encarcerado? Quem poderia lhe ajudar? A prova era genética. Como vencê-la? Uma lâmpada piscou. Olhou no visor do celular à procura do número da médica que refutara. Quem sabe ela conhecesse alguém que poderia esclarecer esse mistério. Não era tão tarde para uma mensagem. O filtro do inconveniente foi totalmente borrado pelo efeito desativador de superego do álcool em sua corrente sanguínea. A coragem não conhecia obstáculos naquele estado. Digitou:

– Olá! Boa noite! Sou advogada e gostaria de saber se poderia me fazer um favor. Sei que não me conhece…

Em instantes a mensagem é respondida mesmo antes dela entrar no automóvel estacionado em frente à boate.

– Sei quem você é, sua danada. Me deu o cano outro dia – um *emoji* de risadinha no final da mensagem.

Andreia se surpreendeu com o tom amistoso e engraçado da resposta.

– Desculpas sinceras. Mas estou com tantos problemas no trabalho e tantas dificuldades em tomar decisões que me sinto atrapalhada por isso.

– Sem problemas. Está tudo bem. Tô zoando você. Mas, diga, em que posso te ajudar?

– Você é médica. E médicos conhecem outros médicos. Preciso saber se há algum especialista em genética na cidade para me indicar?

– Mundo pequeno. Uma grande amiga da faculdade é geneticista – agora o emoji era uma carinha com as mãos tapando o rosto em atitude de vergonha maliciosa.

– Poderia me passar o contato dela? Como eu disse, estou envolvida em um enigma da medicina, por assim dizer.

– Claro que sim – exaltou-se a médica do outro lado do *chat* – com duas condições.

– Condições? – Andreia estranhou o rumo da conversa.

– A primeira condição é você sair comigo. Quero conhecê-la melhor. Não posso entregar contatos assim, sem saber com quem estou lidando. A segunda condição é você me contar esse enigma. Adoro um seriado médico, tipo Plantão Médico, Grey's Anatomy – o *emoji* uma carinha em atitude interrogativa.

    Andreia ponderou por uns instantes. Com a cabeça ainda a rodopiar, o cérebro desidratado e fervendo, sentiu uma pontada de irritação. No entanto, uma nova lufada de vento arrefeceu seus sentimentos, devolvendo-a ao jogo dos interesses contraditórios. Não farei nada que eu não queira – repetiu para si mesma.

    – Está bem. Qual é o seu restaurante favorito?

CAPÍTULO 12

A empatia entre Alfredo e Luiz Flávio aos poucos se tornou evidente. Os talentos recíprocos, similares em afeição, tornavam-se caros a ambos. Cada qual explanava as especialidades de sua área com maestria e o outro, por sua vez, ouvia com vívido interesse. Alfredo professou que seu trabalho com adolescentes consistia, entre outros, em alertá-los sobre os riscos à exposição ao tabaco, os perigos do sexo desprotegido e a necessidade de refrear os impulsos advindos do desejo. Muito sabia os efeitos que a nicotina, droga maravilhosa, poderia causar nas cabeças virgens de meninos e meninas. Como ela se ligava aos neurônios, aumentando sua atividade, a liberação imediata de neurotransmissores, dos quais a dopamina, a estrela do elenco, exacerbava os efeitos do prazer e recompensa. Palestrava com propriedade, inspirando longamente o fino bastão em brasa até não poder mais e o rosto ficar pletórico, relaxando em seguida, dando tempo ao corpo para absorver a droga e deixar a influência acontecer. Luiz Flávio, por sua vez, conforme a conversa evoluía, lembrou-se dos problemas clínicos do passado. Queria contar como tudo começou naquela fatigante partida da final do campeonato de futebol entre as empresas na qual se sagraram campeões, apesar das botinadas e entradas maldosas dos seus adversários. Alfredo reiterou que não era perito, mas a curiosidade de cientista não havia morrido em sua alma, apesar da proibição indelével do exercício da medicina.

Estavam felizes. Todos os diretores se faziam presentes naquele jogo. As famílias, os colegas. Ao final da partida, o senhor Augusto se aproximou, dizendo que via com bons olhos o futuro dele na empresa. Tinham preparado uma grande recepção para os campeões na manhã do dia seguinte. Fariam discursos, homenagens.

No entanto, na segunda-feira, logo cedo, Luiz Flávio acordou nauseado. A despeito da náusea, iria para o trabalho. Nada que um comprimido não pudesse aliviar. Não queria deixar de ir – desde que fora contratado, talvez aquela manhã fosse a mais importante. Ao erguer a cabeça do travesseiro, foi atingido por uma onda de tontura que o jogou de volta à cama. Os objetos rodopiaram ao redor. A náusea aumentou até o momento em que o movimento do estômago na contramão emergiu sob a forma de um vômito aquoso, musguento. Quase não havia comido na noite anterior. O que teria para expulsar do estômago? Um suor frio porejou na testa. Não conseguiu desviar o jato para fora da cama. Sujou os lençóis. Soltou um grito abafado. O gosto de vômito e os restos de baba ficaram na boca. Lembrou-se que, quando criança, se assustava quando vomitava.

Fernanda não o ouviu. Estava na cozinha preparando o café. Tentou se concentrar, fixar o olhar para ver se a cabeça parava de rodar; mas, qual nada, como se tivesse sido impactado por algum metal, a cabeça doía. Gritou por socorro novamente. Fernanda surgiu instantes depois. Observou a cama suja com restos de alimentos e uma mancha transparente ao redor. O cheiro de vômito impregnado no ar.

– O que houve aqui, Luiz Flávio? Você está bem?

– Não. Acordei nauseado. Minha cabeça está rodando sem parar.

– Você comeu alguma coisa na rua ontem? Algo que possa ter feito mal?

– Não comi nada diferente. Eu juro. Mas não estou bem. Me sinto fraco, muito fraco. E olhe só – mostrou a ela as canelas roxas.

– O que tem a ver as marcas do jogo com o vômito? Um segundo, já volto com os remédios.

Fernanda foi até a cozinha onde uma caixinha acondicionava vários tipos de comprimidos para emergências. Entregou o comprimido para enjoos. Quem sabe ainda pudesse ir ao trabalho se a pílula fizesse o efeito esperado. Contudo, mal o comprimido tocou o estômago, como um intruso, foi expulso sem piedade. O estômago revirava em fúria, assim como a cabeça toda.

– Vamos ao hospital – Fernanda sugeriu.

– Preciso ir trabalhar. Seremos homenageados hoje. Como posso perder?

– Deixe isso para lá. Você não está nada bem. Vou ligar para o seu chefe e o avisarei da situação.

Não conseguia ficar em pé. Tentou agarrar a cabeceira da cama, mas a vertigem o empurrou de volta ao chão. Mal pôde se conter apoiado à barra, e um novo ciclo surgiu. O reflexo o fez expelir mais um fluxo de vômito, sujando de novo uma parte da cama e o chão. Assustado e incapaz de ingerir qualquer comprimido, aceitou ser levado ao pronto-socorro. Fernanda ligou para a empresa. Tudo bem, disseram, descanse por hoje. Assim, o descompasso entre a saúde e a urgência do compromisso foram ponderados. Havia tempo para se recompor.

O pronto-socorro estava repleto de pacientes. Uma balbúrdia de gente ocupava todas as cadeiras. Crianças que, pela energia, nem doente estavam, corriam entre as fileiras, como se fizessem do ambiente seu parque de diversões. Os gritos e ruídos emitidos pelos pequenos torturavam seus ouvidos sensíveis. Via tudo rodar e sentia os sinais oriundos do estômago para que se apressasse o tratamento. Uma enfermeira velha e gorda, com ar de tédio, fazia a triagem dos doentes. Checava o pulso, aferia a pressão e conferia a temperatura.

– O que o senhor tem? – perguntou para ele, de cabeça baixa, imóvel.

– Estou enjoado e vomitei agora pela manhã – respondeu com sacrifício.

– Está com falta de ar ou dor no peito?

– Estou tonto e prestes a vomitar novamente.

– Prioridade 2. O doutor irá chamá-lo – e entregou uma senha.

– O que é a prioridade 1? – arriscou Fernanda, que aguardava ao lado.

– Infarto, facada, tiro, bucho saindo para fora. Isso é prioridade 1.

A enfermeira se afastou, triando outros doentes antes de desaparecer por detrás das portas dos corredores. Não obstante, mais pacientes emergiam na porta automática de vidro e se acotovelavam no balcão à espera de atenção, como moscas em cima de uma gota de mel, uma sobre a outra.

O médico achou que era apenas uma virose e deu alguns comprimidos com a promessa de que melhoraria em poucos dias. Antes disso, colocou-o no soro, com Dramin e um Buscopan para amenizar a cólica abdominal.

– Não preciso fazer nenhum exame, doutor? – Fernanda tentou argumentar.

– Que nada. Vejo isso todos os dias. A pressão está boa e ele está sem febre. Essas viroses são muito comuns. Você comentou que houve uma partida de futebol, um esforço físico e emocional. O sistema imunológico às vezes não aguenta tamanho esforço. O vírus se aproveita e invade nosso organismo.

Luiz Flávio agradeceu a presteza no atendimento e voltou para casa mais calmo. Dormiu o resto da tarde. À noite, jantou um bife malpassado e uma canja de galinha. Ligou a televisão para acompanhar o noticiário do final da noite, mas ainda sentia um estranho latejar nas têmporas e uma dor incômoda por todo o corpo.

– Caramba, Luiz Flávio. Me conte mais. Estou muito curioso para ver onde essa história vai dar – o médico não perdera nenhum detalhe do que Luiz Flávio havia exposto até ali.

O terceiro homem na terceira cela permanecia calado. Alheio ao que se passava ao redor.

CAPÍTULO 13

O tilintar do cassetete sobre as grades de ferro despertou Luiz Flávio. Este relaxava, absorto em pensamentos que iam e vinham sem deles se ocupar, numa espécie de estado meditativo não intencional. O homem do cassetete, um baixinho de bigode espesso, metido no uniforme dois números maior, jogou-lhe um frio olhar de soberba para logo informar que uma gostosa o esperava na salinha de visitas. Luiz Flávio pensou em protestar, considerava um desrespeito com a esposa, porém, dado o lado em que estava, preferiu engolir a ofensa e deixar passar. Lembrou o motivo da visita e sentiu um arrepio. Daqueles em que se pressente algo incômodo.

Ao adentrar a sala de visita, além de Fernanda, o filho Bruninho o esperava. Assim que o viu, o menino se desvencilhou dos braços da mãe. Emocionado, o pequeno o abraçou forte como sempre, sem entender por que necessitava visitá-lo naquele lugar e não o encontrar em casa. Luiz Flávio grunhiu de dor nas costelas ao agachar, afinal, dormir no fino colchonete tinha lá suas consequências, mas aguentou calado o desconforto sem negar a única manifestação de carinho que recebera em tempos.

Completava dois meses de prisão e a visita da esposa tinha um propósito maior. O resultado da contraprova do DNA coletado alguns dias antes. Já Fernanda, o olhava com olhos inquiridores, como a observar traços da personalidade do marido pelo modo como ele se movimentava. Ela carregava consigo um envelope e, antes mesmo de entabular conversas sobre o seu estado de saúde física e emocional, assentia que era o resultado da contraprova do DNA.

– Confirmou? – perguntou Luiz Flávio com um leve tremor na voz.

– Sim, confirmou. Por quê? Achava que seria diferente? – foi a resposta seca.

– Por que não esperaria que fosse diferente?

– Me diga você.

– Isso está muito confuso. Preciso de alguém que confie em mim. Nosso advogado não acredita na minha inocência.

– O que mais você quer? Depois desse resultado, quem acreditará em você? O que espera que aconteça?

– Que surja a verdade.

– Como espera que surja a verdade? Como acha que conseguirá se defender? Ele é tudo o que você tem.

– Preciso de alguém mais proativo. Que se empenhe, que busque provas.

– Provas? Depois desse resultado – e balançou o envelope na altura dos olhos de Luiz Flávio – tudo que você disser não será levado em consideração. Sinto muito em dizer, mas acho que devemos nos preocupar com o que pode acontecer com Bruninho. Já pensou que ele pode ficar sem ter um teto sob o qual morar?

A água fria jogada sem solenidade sobre a cabeça de Luiz Flávio o atingiu como um martelo e ele foi obrigado a sentar. Além de si, havia algo mais em jogo e envolvia seu filho, como bem lhe lembrava a esposa. Olhou para Bruninho por alguns instantes.

– Uma advogada esteve aqui há alguns dias. Está a serviço da empresa. Procure-a. Ela parece ponderada e disposta a ajudar. Tenho uma proposta a lhe fazer – disse Luiz Flávio e suspirou.

– Proposta?

– Vou lhe dizer qual é – entregou à esposa o cartão que Andreia havia deixado com telefone e endereço.

– Tem certeza disso? – Fernanda estava incrédula.

Alguns dias depois, Andreia e Fernanda se encontram em um pequeno restaurante *fast food* perto da empresa Rotschild. O lugar era frequentado por trabalhadores das empresas nas imediações. Devido à falta de exaustor e ao teto baixo, o cheiro de gordura impregnava roupas e narinas, porém, o preço era convidativo.

– Você tem certeza disso? – repetiu Andreia, confusa, ao ouvir a proposta que Fernanda corajosamente lhe apresentava.

– Ele quer confessar.

– Como assim? Confessar?

– Confessar. Mas com uma condição.

– Condição? Nossa! Não estou entendendo – a confusão aumentou na cabeça de Andreia.

– Ele confessará o crime. Dará detalhes do que aconteceu. Assinará um acordo para jamais pronunciar o nome da empresa em entrevistas ou livros e, o principal, fará um acordo trabalhista. Mesmo em demissão por justa causa, há muito a receber de verbas rescisórias, férias não usufruídas, horas extras. Ele abrirá mão de boa parte deste montante desde que a casa não seja perdida.

– Ah! Entendi agora. Deixe-me falar com ele, então. Ouvir de sua boca suas intenções.

– Você me faria um favor?

– Claro. O que é?

– Entregue isso para ele – Fernanda puxou da bolsa um cartão com uma fotografia – já que você o encontrará, eu não conseguirei voltar lá. Foi um pedido.

Andreia recolheu a foto e a colocou diante dos seus olhos, disposta a analisar a imagem e o significado daquilo tudo. A mãe, uma bela jovem loira, e o menino que parecia um querubim de bochechas infladas, pele morena e cabelos negros lisos. Acarinhou-se da figurinha angelical e prometeu entregá-la.

– Sinto um pesar imenso por vocês se encontrarem nessa situação.

Fernanda meneou a cabeça em concordância e então se despediram.

CAPÍTULO 14

Márcio recebeu a notícia da confissão de Luiz Flávio embasbacado. A reviravolta no caso o deixara perplexo. A despeito dos exames genéticos confirmarem a autoria do crime, a admissão nestes termos era a cereja do bolo. Luiz Flávio não parecia ser o típico criminoso mal-encarado. Entretanto, o escritório tinha que evitar o frisson em cima do julgamento. Com a confissão, logo o interesse da imprensa arrefeceria e o nome da empresa não mais apareceria vinculado.

– Ele sabe que, depois de assinado, vai apodrecer na cadeia? – perguntou o chefe de Andreia assim que ela lhe apresentou a minuta.

– Está tudo pronto. Só falta ele assinar e jogaremos gasolina na fogueira – respondeu Andreia, meio a contragosto – Augusto já concordou. A empresa ainda vai lucrar, ele falou. Os detalhes foram acertados com o pessoal da área trabalhista.

– Belo trabalho, Andreia. Estou muito orgulhoso de você. Eu sabia que daria conta – o chefe a parabenizara com um forte aperto de mão, como se a ideia tivesse partido da própria.

As paredes do presídio manchadas pela umidade perene, além do aspecto sombrio e desleixado do enorme prédio que ocupava a quadra inteira deixaram Andreia melancólica. Como se, por um motivo qualquer, a quantidade de neurotransmissores da felicidade tivesse se exaurido só por se aproximar de tamanha feiura. As guaritas com guardas armados e as cercas de arame farpado energizado rodeando toda a construção fizeram-na perder subitamente o ar, como uma onda de pânico em um elevador parado. Conseguiu controlar seus instintos e adentrou a instituição munida dos contratos a serem assinados.

Luiz Flávio esperava sentado de costas para a porta. Andreia estacou na abertura da sala de visitas para observar a postura do detento. Ombros curvados e postura cifótica, como se um pesado fardo curvasse-o diante do mundo. A pelagem branca da cabeça raspada surgia destoada do jaleco cor de laranja, tornando aquela figura um fantasma, uma espécie de morto-vivo.

— Você sabe que está colocando a corda no seu pescoço e o laço jamais será aliviado. Tem noção disso? – perguntou Andreia diante de um homem jovem com feições envelhecidas.

— Minha família é tudo para mim. Devo protegê-la. É minha obrigação – suspirou desanimado.

— Acha motivo suficiente para desgraçar sua vida?

— Já estou desgraçado. Ninguém acredita em mim. Então, de que adianta lutar?

— É você mesmo o assassino, então?

— Que diferença isso faz agora?

— Se você assinar, não terá volta. Sacramentará sua culpa.

— Ao diabo com tudo isso. Sou assassino. E daí? Quem se importa?

— Eu me importo.

Luiz Flávio riu debochado.

— Me importo com a verdade.

— A verdade já não está aí, com prova e contraprova?

— Quero saber a sua verdade.

— Não tenho como arrancar de mim essa verdade. Não há meios de fazê-lo. Tudo o que interessa para mim agora é a segurança do meu filho. Por favor, me passe essa minuta e me empreste a caneta – Luiz Flávio exibiu um ar de segurança forçada.

Andreia, contrariada, entregou a caneta para o moribundo, que a tomou em suas mãos oscilantes. Com movimentos rápidos, rabiscou o espaço apontado com xis e a devolveu para a advogada.

– Pronto. Leve isso embora e me deixe sozinho. Por favor.

– Você está ciente dos valores que teria a receber com as verbas rescisórias e outros direitos? Por acaso, sabe que os valores poderiam até ultrapassar o valor restante da casa? – Andreia conscientemente jogou gasolina no fogo.

Luiz Flávio, mais uma vez, foi surpreendido com o interesse da advogada em lhe expor números favoráveis em detrimento dos interesses monetários da empresa, mas sem se deslumbrar com a possibilidade, respondeu.

– Conheço bem aquela turma, sei que, se entrar em litígio, eles colocariam a tropa de choque, seus colegas trabalhistas se poriam a atuar contra mim, entrariam com processos indenizatórios, atrasariam os pagamentos, ou me obrigariam a processá-los. Tenho pressa em resolver esta questão e resguardar a casa.

A advogada percebeu uma pontinha de honestidade nos argumentos de Luiz Flávio, um interesse genuíno na proteção de sua família, e na balança de prós e contras, o senso de justiça ainda não pendia para nenhum lado. Entendia que precisava de mais para acreditar estar diante do verdadeiro assassino. Queria um pouco de tempo, fazer algumas investigações, entrevistar outras pessoas antes. Por este motivo, um tanto intuitivo, concordou, incorporou a Têmis acidental e, num reflexo, tomou a minuta em suas mãos e a rasgou em vários pedaços na frente do incrédulo rapaz.

– Não vou compactuar com isso. Não ainda. Vou até o fim para encontrar a verdade.

– Você está louca. Assim, você prejudicará minha família muito mais...

– Não acredito nisso.

– Então, faça você minha defesa, já que não crê em minha culpa.

– Não sou advogada criminalista.

– Mas você acredita em mim. Isso me basta.

– Não significa que acredito em você. Apenas não tenho certeza de que seja o criminoso. É prematuro lhe apontar o dedo.

– Preciso da ajuda de alguém que acredite na minha inocência.

– E o seu advogado? Você tem um, não?

— Doutor Alexandre Cavalheiro.

— Conheço ele. É um ótimo advogado criminalista – confirmou Andreia.

— Não demonstrou acreditar na minha inocência e está pensando em estratégias de atenuação da pena. Isso não me livrará da cadeia. Então, se for para ser preso...

— Entendo seus temores, Luiz Flávio, mas acredito muito na competência dele.

— Preciso de alguém que possa me ajudar. Promete para mim que ao menos vai pensar na possibilidade?

Andreia lembrou-se do pedido de Fernanda para lhe entregar a fotografia solicitada.

— Você trouxe! – exclamou com alegria quando tocou os dedos na encomenda. – Não lembro quando foi tirada, mas fico feliz por ter sido feita. Vai me proteger das agruras da prisão. Ele é minha cara, né, doutora?

Andreia concordou, timidamente, com a cabeça.

— O que foi? Não acha? Pode falar.

— Parece sim.

Luiz Flávio tomou a foto bem diante de seus olhos e se pôs a analisar a silhueta do filho à imagem.

— Mas não é uma graça, doutora?

— Devo admitir que sim, com certeza – finalizou Andreia.

— Meu garotinho – não tirava os olhos da foto, as órbitas lacrimejaram.

— Ela me entregou isso também – e desembrulhou um papel com o comprovante do cinema no dia e hora exatos do crime.

— Não falei? Sabia que ela iria achar. Isso não pode ser pouca coisa.

— É algo. Aliás, eu adorei esse filme. Chorei horrores.

— Eu também. Assuma você o meu caso – disparou novamente Luiz Flávio.

— Pensarei a respeito. Mas não confirmo nada ainda.

— Obrigado, doutora. Você salvará a minha vida. Eu sinto isso.

CAPÍTULO 15

Luiz Flávio e Alfredo, para tornar suportável a rotina atrás das grades, inconscientemente instituíram hábitos. Luiz Flávio, pela manhã, adepto da calistenia, exercitava-se na própria cela utilizando o peso do corpo. Alfredo ocupava este período com a leitura, considerava que a maior lucidez do cérebro facilitava a apreensão do conteúdo. Lia qualquer coisa que caísse em suas mãos, no entanto, havia predileção pela leitura juvenil. Amava os livros de J. K. Rowling, Rick Riordan e C. S. Lewis. Intercalado à leitura, escrevia à mão em blocos de anotações trazidos por familiares, ora textos ficcionais, ora textos ligados aos cuidados na adolescência. Acalentava o sonho de escrever um livro baseado em sua experiência clínica com os jovens, mesmo que intuísse que jamais fosse publicado. À tarde, depois da sesta, ficavam de boa, conversando, até a hora do jantar, às 18h. Entretanto, o momento de maior deleite era a hora de fumar. Sob a névoa cinza da cortina de fumaça, revelações íntimas que se permitiam contar um ao outro, laços de amizade sendo fortalecidos.

Aspiravam com prazer os paraguaios falsificados. Entre uma baforada e outra, deitados em finos colchonetes no piso duro de cimento, o olhar perdido no teto, a história seguia o seu curso.

Luiz Flávio acordou no dia seguinte como se tivesse levado uma surra. Dessas surras a valer. Tudo doía. Sentia punhaladas sincrônicas nos músculos das pernas e dos braços e um incômodo peso sob os ossos dos quadris. Um calafrio percorria-lhe a espinha de cima a baixo. As têmporas latejavam com mais vigor que na noite passada. Levantou-se sem cambalear, apesar de cansado e indisposto. Caminhou a passos miúdos até o banheiro, como se carregasse um imenso fardo nas costas. Eram 7h. Pensou que estivesse um pouco pálido quando se olhou no espelho. Sentia tanto frio que teve que colocar um sobretudo de gabardina preto tirado do fundo do armário. Caminhou até a cozinha à procura de Fernanda. Encontrou-a de costas, preparando o café da manhã. No entanto, o cheiro da comida prenunciou a reativação de um sintoma desgastante. A náusea.

– Como você está? – ela perguntou sem se virar, enquanto se mantinha atenta aos afazeres.

– Estou melhorando. Um pouco cansado ainda.

– Você gemeu bastante esta noite. Quase não consegui dormir.

– Não sei se tenho condições de trabalhar hoje.

– Não se preocupe. Avisarei à empresa que esta semana você não irá. Virose, lembra? Dura sete dias.

– Obrigado, amor. Não sei o que seria de mim sem você.

– Mas não se acostume com tanto paparico.

Abraçou-a por trás. A ereção, como um impulso automático dos sentidos que sempre o despertava quando a abraçava, não o atiçou naquele momento. Nada sentiu.

Fernanda desvencilhou-se do seu abraço, afastou-se uns passos adiante e passou a observá-lo. A figura que se apresentou a ela, vestindo um sobretudo preto, pálida, olhos azuis afundados e opacos, os cabelos loiros ensebados e em desalinho, espáduas encurvadas sob o peso da capa, lembrou-lhe um personagem famoso. Esforçou-se para não rir.

– Vestido deste jeito, parece o Quasímodo.
– Quem?
– Quasímodo. O corcunda de Notre Dame.
– Estou tão mal assim?
– Está feio, pálido, desidratado, contraído. Há dois dias que não come direito.
– O que posso fazer? Não tenho fome. O que como, me pesa o estômago.
– Deve ingerir líquido; água, de preferência.
– Até a água me revolta o estômago.

Acordou no outro dia pior ainda. A dor nos quadris se acentuou. Percebeu que vinha das profundezas das ancas um bater surdo, como se um coração pulsasse comprimido dentro de um recipiente fechado, sem espaço para expandir. Uma rápida pesquisa em um site de buscas e lá estava; vírus podem provocar dores pelo corpo. Estava no terceiro dia, dentro do prazo estipulado. Entretanto, desconfiava que esse vírus não era dos mais comuns, fazia um belo trabalho em sua função de corromper um organismo saudável.

– Por que não liga para o Antônio? – Fernanda sugeriu. – Pode muito bem te orientar no que fazer. Se é normal ou não um homem na sua idade, com a sua saúde, se afligir assim por causa de um vírus.

– Verdade, pode ser uma boa oportunidade de saber como andam as coisas por lá.

Antônio, antigo colega de banda, exímio guitarrista, fazia os principais solos das músicas. Ele resolveu cursar medicina quando chegou à encruzilhada da vida. Como todos, teve que escolher outra profissão. Trabalhava como plantonista da UTI do maior hospital da região e mantinha um consultório de clínica médica em um conglomerado de consultórios particulares no centro da cidade. Esperou até o final da tarde para consultá-lo. Este solicitou um hemograma para ver a contagem de glóbulos e avaliar que tipo de infecção havia.

O hemograma foi realizado à primeira hora da manhã do dia seguinte. O resultado apresentou cem mil plaquetas, nove de hemoglobina e quinze mil leucócitos totais e, no final, ainda assinalava algumas poucas formas imaturas. Ele pediu para repetir o exame na sexta-feira. Queria esclarecer alguns aspectos, achava que pudesse ser algum erro de laboratório ou coisa que o valha. Suspendeu o analgésico e o orientou a repetir o exame em outro laboratório.

Desligou o telefone confuso. Estranhou o tom formal e apreensivo de Antônio. Conhecia-o muito bem, desde a época da banda, e nunca o ouviu falar daquela maneira. Contudo, agora era um médico. E médicos devem falar como médicos. *Tudo bem*, pensou. Amanhã tudo estará melhor. Os clichês são universais. E o tom cavernoso e grave da voz faz parte do personagem que os médicos vestem quando estão atrás de suas escrivaninhas. São atores da vida real.

A sexta-feira amanheceu chuvosa, carrancuda e gelada. Acordou sem apetite, fraco e indisposto. Calafrios percorriam-no como choques elétricos de cima a baixo. A temperatura, levemente elevada, 38 graus. Fernanda concordou em aguardar até segunda-feira para refazer o hemograma. Se colhessem a amostra, o resultado seria o mesmo. Teriam o final de semana inteiro para a recuperação, tempo no qual seriam cumpridos os sete dias regulamentares aos quais lhe prometeram a melhora. Segunda-feira tudo melhoraria, o tempo externo e a tempestade interna, conforme o novo hemograma demonstraria.

A segunda-feira apresentou-se de bom humor. Cheio de energia, o sol irradiava seus raios candentes sobre a natureza, também radiante e viçosa após o alimento e a água que a chuva proporcionara durante todo o final de semana. Todavia, seu quadro estava inalterado. Sentia-se rigorosamente o mesmo homem da sexta-feira. Com ressalvas, a piora da aparência e um evidente aspecto emagrecido. Fernanda demonstrou preocupação e se apressou para ajeitar as coisas da casa para que pudessem ir ao laboratório coletar o sangue para o exame.

O resultado do hemograma chegou no horário prometido. Foi liberado do trabalho por mais uma semana. Fernanda convenceu-os, informando-os do estado da sua saúde sem omitir detalhes. O simples hemograma agora era aguardado com ansiedade. Coisas rotineiras adquirem importância dependendo da ocasião. Atravessa-se toda a vida sem se preocupar com os glóbulos e, em dado momento, os glóbulos passam a ter o valor de uma vida toda. O resultado mostrou trinta mil plaquetas, sete de hemoglobina e dezenove mil leucócitos e novamente formas imaturas, muitas formas imaturas. Antônio orientou-o a procurar um médico hematologista, pois nada poderia fazer. Não sabia o que era.

Submeteu-se à coleta de fragmentos de medula óssea com galhardia, após o pedido feito na primeira consulta com o Dr. Carlos Alberto. Deitou-se de lado com as costas voltadas para o médico, com o joelho superior dobrado, submisso aos ditames da autoridade à qual confiou a vida. A anestesia local não fora suficiente para aplacar as dores do procedimento. Aguentou calado às estocadas. O resoluto senhor enfiava grossas agulhas em seu corpo. Percebeu, no entanto, que a agulha era cravada no mesmo local em que, durante dias, sentira intensa atividade. Era ali o incômodo maior. No quadril. Não obstante, o que observou, nas mãos do médico, ao retornar à posição, não eram fragmentos de ossos, mas gotas de sangue coagulado que jaziam agarrados ao vidro de punção. Enquanto isso, o médico, com o frasco ao encontro da luz, observava se havia coletado amostra suficiente.

Aguardavam a leitura do resultado do exame que seria trazido pelo próprio doutor, vindo do laboratório. A secretária ofereceu café à chegada, mas o estômago ainda se rebelava. A esposa, contudo, aceitou uma xícara de bom grado e, ao final, parecia ter degustado a qualidade do grão, visto que sorveu o último gole com estalos da língua.

O consultório do doutor Carlos Alberto era de uma assepsia exemplar. A sala ampla e as cadeiras de couro dispostas de tal maneira facilitavam a circulação de pessoas, principalmente as mais idosas. As cores dos móveis exibiam tons neutros, mais para o bege claro. Atrás da cadeira, no alto, pendurava os principais diplomas, em finas molduras douradas. As estantes nas laterais guardavam volumosos compêndios de clínica geral e hemato-oncologia. Ao fundo, a maca para exames, revestida por um desinfetado lençol branco. A escrivaninha de mármore carrara suportava o porta-retrato com a fotografia de uma família supostamente feliz. O senhor de cabelos levemente grisalhos sentado em uma cadeira, a insigne esposa de sorriso branco marfim com dentes esculpidos em laboratório, logo atrás, com os braços alongados a abraçá-lo, e dois também sorridentes adolescentes, um de cada lado do casal.

O Dr. Carlos Alberto, de 48 anos, era um experiente hematologista, havia sido indicado por Antônio, que o conhecia dos corredores dos congressos de clínica médica e das palestras proferidas com maestria para uma sempre enorme quantidade de colegas dispostos a ouvir seus ensinamentos. Segurava em uma das mãos um envelope branco. Vestia um jaleco alvo com as suas iniciais no bolso do lado esquerdo. Sob o jaleco, a camisa azul de linho italiano com abotoaduras douradas. Luiz Flávio procurou sinais no rosto dele que denotassem traços hesitantes ou preocupados, mas ele mantinha suas feições congeladas. Iniciou a abertura do envelope sem olhar o paciente. Enquanto libertava o conteúdo do invólucro, começou a dizer:

— Conforme já havia comentado na consulta anterior, a biópsia é o desfecho de nossa investigação. Será revelada agora a verdade de seu diagnóstico para que possamos instituir o tratamento.

— Espero que não seja nada.

— Já expus as hipóteses, Luiz Flávio. Nada pode surpreendê-lo.

— Difícil concordar com as opções, doutor.

— Eu sei, mas temos que lidar com a realidade.

— Está bem, doutor. Acabe logo com isso.

O barulho da cola do lacre se soltando do envelope o espetou. A folha em que fora guardado seu destino foi puxada.

CAPÍTULO 16

Márcio exasperou-se ao ouvir a notícia que Andreia lhe contara. Luiz Flávio desistira de assinar os famigerados documentos.

– Não é possível! Justo agora.

– Calma, chefe. Talvez fosse melhor assim. Um ato impensado, desesperado, poderia nos trazer muitos mais problemas, se de última hora surgisse uma novidade no caso – Andreia tentou colocar panos quentes.

– Com tantas provas o condenando? Não sei não – Márcio coçou o queixo.

– Vamos deixar o processo tomar seu rumo natural.

– Mas me fale: por que ele não assinou afinal de contas? – o chefe não estava conformado ainda.

Andreia explicou, por modos bem escorregadios, os motivos que levaram Luiz Flávio a desistir da assinatura da confissão. Ao mesmo tempo, não se sentia culpada por seus atos em relação ao caso.

Os encontros com pessoas aleatórias em aplicativos de relacionamentos sempre eram uma incógnita; mesmo após um primeiro contato, uma breve conversa, não havia a certeza de que seria legal ou produtivo. Andreia passou um pouco de pó-base na face para disfarçar as pequenas imperfeições da pele, aspergiu seu melhor perfume e vestiu um *tailleur* azul-marinho. O restaurante-bar estava com reserva em seu nome. A mesa, distante do piano, foi escolhida de modo proposital – preferia não ser perturbada pelo ruído da música. Sua companhia chegou logo depois. Confirmou tratar-se de Hortência e revelou ser médica ortopedista. Porte alto e perfil esquelético, tinha o nariz fino e projetado e o queixo pontudo. O estilo um tanto masculino e modos rudes não a agradaram em um primeiro instante. As rugas nos cantos dos olhos e a flacidez da pele ao longo do contorno do queixo fizeram-na desconfiar de que a fotografia do perfil do aplicativo estivesse defasada em uns dez anos. Andreia a cumprimentou e então sentiu os nós dos dedos grossos e a mão descarnada.

– Aceita um *dry martini*? – perguntou Andreia.

– Ah, não! Prefiro vinho mesmo – disse enquanto ajustava sua cadeira à mesa. Hortência fez sinal ao garçom para que se aproximasse.

– Uma garrafa do seu melhor Syrah, por favor.

As bebidas vieram em seguida e elas puderam brindar; Andreia, de modo tímido, e Hortência, um pouco mais efusiva, cada uma a seu modo, em avaliações recíprocas. Andreia pigarreou enquanto passava os olhos pelo menu.

– É melhor pedirmos logo, porque os pedidos aqui demoram um pouquinho.

– É mesmo? Então, deixe-me ver esse cardápio. Já vou à sessão de massas e carnes. Estou morrendo de fome – passou voando os olhos pelo menu, das entradas às sobremesas.

– É um prazer te conhecer pessoalmente, Hortência – iniciou Andreia para quebrar o gelo.

– O prazer é meu. Aliás, gostei daqui – e passou os olhos ao redor – bacana a decoração.

O restaurante mesclava o estilo rústico com o moderno. Paredes sem reboco, os tijolos como saíram da olaria direto à parede, sem pinturas. As mesas e cadeiras de madeira com detalhes *vintage*. O bar com enormes tampos de mármore e os espelhos das prateleiras de bebida reluzindo as garrafas coloridas com os diversos tipos de destilados.

– Também adoro aqui. Como te falei, é o meu restaurante preferido. Você precisa provar os *drinks*.

– Aposto que trouxe muitas paqueras aqui – disse Hortência com um sorriso maroto nos lábios. – Os garçons devem saber de tudo. Acho que pensam: "eis aí mais uma vítima".

Andreia riu alto.

– Não. Não é assim.

– O que mais você gosta de fazer? – continuou Hortência.

– Além de ser advogada? Deixe-me pensar. Posso te dizer o que eu não gosto de fazer.

– E o que é?

– Exercícios. Odeio fazer exercícios.

As duas riram e concordaram. Nenhuma delas praticava qualquer esporte. Andreia, porque não gostava, e Hortência, porque não precisava.

– Me fale de sua amiga geneticista. Tem conversado com ela ultimamente?

– Você está mesmo interessada nessa coisa de genética, né? Por que não se acalma? Vou cumprir a minha parte. Mas tenho uma condição – disse após mais um generoso gole do encorpado Syrah.

– Condição? Lá vem você com suas condições – riu Andreia da ousadia – diga, qual a sua condição?

– Um beijo.

Andreia surpreendeu-se com o atrevimento tão cedo. Como forma de compensá-la pela iniciativa, aceitou que a outra a beijasse. Só para ver qual era a dela.

Hortência, num pulo, contornou a mesa deslizando para se encaixar juntinho de Andreia.

O beijo aconteceu sob a luz fraca dos abajures que bruxuleavam suavemente ao sabor da brisa indolente que soprava dos ares-condicionados instalados nos cantos do restaurante. Ninguém das mesas ao redor percebeu o que havia acontecido ali. Uma mágica capaz de amolecer o coração mais inflexível.

— Uau — suspirou Hortência. — Agora podemos falar sobre genética.

— Acho que somos compatíveis.

— Compatibilidade genética? O DNA do amor?

— O que você sabe sobre genética?

— Muito pouco. Meu negócio é pregar osso. Mas, como te falei, tive uma amiga na faculdade que se formou em genética. Trabalha com aconselhamento genético, testes de DNA para confirmação de paternidade e essas coisas.

— Quem chutou quem? — Andreia levou o *drink* à boca, ainda com o sorriso aceso, só que agora com um teor de maldade.

— Nesse caso, infelizmente, éramos mesmo apenas amigas — exibiu um sorriso malicioso — mas, em geral, sou eu quem termina. Me apaixono fácil, mas também enjoo rápido.

— Era legal o papo? Eu curtiria ouvir sobre genética.

— Pelo jeito, bem mais que ortopedia — as duas riram com sinergia — na verdade, era enfadonho. A genética é uma matéria complexa, teórica, sou mais da cirurgia, mão na massa. Regina, no entanto, não parava de comentar como a genética ajudaria na vida das pessoas. Desde os tratamentos mais modernos para a possibilidade de cura para muitas doenças até a descoberta de assassinos que porventura deixassem qualquer vestígio na cena do crime.

— Interessante, de fato.

— Mas me conte, por que você precisa tanto do contato de uma geneticista? Não seria mais fácil ter pesquisado no Google?

— Eu estava muito bêbada quando te mandei a mensagem. Você lembra a hora?

— Um brinde novamente à bebida, que proporcionou que nos encontrássemos. E legal que você mandou mensagem àquela hora. Quem espera não faz acontecer. Mas, falando sério, o que está rolando?

— Estou trabalhando num caso de assassinato e foi encontrado material genético — Andreia contou detalhes do inquérito e ainda expôs suas dúvidas.

– Siga seu coração, Andreia. Faça o que tiver que fazer.

Assim que Hortência terminou a frase, os pratos chegaram à mesa. Andreia observou os pratos fartos e saborosos que ela havia pedido, contrapondo-se ao seu, uma salada Caesar com lascas de frango grelhado. Suas decisões muitas vezes não coincidiam com a verdadeira vontade. Será que ainda daria tempo para um novo pedido?

CAPÍTULO 17

Andreia entrou no escritório às 8h. Saudou as secretárias da recepção, deu um olá para a moça da limpeza, acenou ao estagiário que digitava uma petição qualquer no computador e dirigiu-se à sua sala. Ajeitou alguns papéis desarrumados sobre a mesa, colocou as canetas e os marcadores de texto no compartimento específico, e olhou comovida o porta-retrato com a fotografia dela abraçada ao Shih Tzu falecido recentemente. Serviu uma xícara de café, abriu as persianas para entrar luz no cubículo. Olhou para o relógio. O chefe chegaria em poucos minutos. Recostou-se na cadeira de couro, repousou as mãos entrelaçadas no abdômen e fechou os olhos. Procurou respirar lenta e pausadamente, porém o ritmo seguia rápido e constante. Abriu a segunda gaveta da escrivaninha e dali tirou um contrato. Havia seis páginas e ela as folheou rapidamente, não precisava relê-las. Jogou-as de volta à mesa e recostou-se novamente na cadeira. Esfregou as mãos no rosto. Tomou um gole de café. A bebida ativou a caldeira chamejante; nos últimos dias, seu estômago ardia com qualquer coisa que ingerisse.

Da posição em que estava, podia ver os movimentos do escritório. Da janela aberta, observou os pássaros cantando e pulando de galho em galho, na única árvore que cabia no pequeno espaço entre o prédio e a rua. As aves, à primeira vista, sem preocupação alguma. Apenas vivendo levemente seus dias, sem pressão, responsabilidades ou tomada de decisões. Seus atos não influenciavam a vida de ninguém.

Com cerca de uma hora de atraso, o chefe chegou ao escritório. Da sua mesa, fez sinal para que ele se aproximasse. Este afrouxou o nó da gravata. Viera da rua, disse, teve que levar a irmã ao aeroporto, passara o fim de semana com a família. Sem delongas, perguntou-lhe como andava a questão do ex-funcionário. Andreia suspirou para depois, enfim, entregar-lhe as poucas páginas grampeadas cujo teor conhecia até as vírgulas. O chefe folheou demoradamente o feixe de papéis, detido na leitura que já nos primórdios o deixara interessado.

– O que é isso, Andreia? Pode me dizer que brincadeira é essa? Você está louca. Vai desgraçar sua vida por isso? – explodiu, encarando-a nos olhos.

– Não sei o que dizer a você, Márcio. Nem mesmo sei se é a coisa certa a fazer.

– Você tem um futuro aqui. É competente. Logo menos será nomeada sócia. Quantos advogados gostariam de estar na sua pele, na sua posição.

– Eu sei, chefe, eu sei.

– Ainda mais destruir sua carreira por causa de um estuprador e assassino. O que deu em você?

– Um senso de responsabilidade e justiça que há muito não sentia. Desde a época da faculdade não tinha esse sentimento. Reativou em mim aquela energia que sentia na juventude quando frequentava as primeiras aulas na faculdade. Tudo estava tão insosso na minha vida.

– Insosso, Andreia? Você faz parte de um escritório de muito sucesso. Seu futuro financeiro está garantido conosco aqui.

– Lidamos com causas comerciais. Talvez não tenha sido para isso que entrei na faculdade de direito.

– Nosso julgamento pode muitas vezes estar encoberto pela nuvem da ilusão. Sua realidade é a que você vive hoje, aqui, com a gente. Não se perca. Não se iluda.

– E o que é ilusão e o que é realidade? Depende da perspectiva, do ângulo que se olha e do que se procura na vida. Não devemos viver assim para sempre, nessa dúvida. Não podemos trair nossa realidade e ver o que acontece depois disso? Não podemos tomar uma direção diferente e ver qual caminho nos descortina à frente, apenas para saber a verdade?

– E o risco que isso acarreta? Está disposta a se arriscar a cair num pântano com areia movediça e não conseguir mais sair dali?

– Estou disposta a arriscar, sim, a cair no pântano, se for necessário. Poderei ao menos ver o que há para além da curva. Da estrada reta em que estou, consigo ver adiante. E não parece haver nada de interessante lá.

– Então, vai mesmo cair no conto do vigário, Andreia? Vai mesmo comprar esse bilhete premiado às avessas?

– É engraçado você mencionar isso. Há um bilhete no meio disso tudo. É de cinema, mas pode ser premiado para ele. Um começo de prova. Estou curiosa quanto ao desfecho dessa história. Além disso, há uma esposa e um filhinho inocente no meio disso tudo.

– Entendi. Quer ser a heroína. Aparecer na televisão. Dar entrevista e tudo mais. A visibilidade pode ser uma faca de dois gumes. Compreende?

– Não é nada disso.

– Não há a menor possibilidade de ele ser inocente. Provas e contraprovas o incriminam. Não percebe a cilada? Ele está lhe passando a lábia.

– Ele não me obrigou a pegar o caso.

– Ele é o assassino. Além do mais, você nem é advogada criminal.

– Não houve o julgamento ainda. Quantos inocentes mofam na cadeia por falta de quem os ajude?

– Não neste caso. Mas enfim, vou assinar este papel. Depois disso, ele será todo seu. Para o bem ou para o mal. Não vá dizer que não avisei. Esse caso tem repercussão de mídia. Poderá ser vista como alguém defendendo o estuprador e assassino de uma jovem mãe.

As ponderações sobre o que é certo ou errado nem sempre conduzem para a melhor escolha. Andreia estava ciente disso. Muitas vezes as decisões têm como fiel da balança a intuição falível. De qualquer modo, estava diante de uma porta da qual não sabia quase nada do que havia além. Escolheu abri-la. Pegou das mãos do ex-chefe o pedido de demissão assinado. Em ato contínuo, virou-se em direção à saída. A partir daquele instante, ela se tornaria oficialmente a defensora de um suposto assassino. A testa porejava um suor frio e a barriga fremia. Não lembrava onde havia estacionado o carro.

CAPÍTULO 18

Depois de ler o que seriam as bases do processo, Andreia se perguntou de que modo poderia ajudar o acusado, agora seu cliente oficial. Analisava o intrincado jogo que consistia na acusação. Não há nada ali, de fato, para salvá-lo, o ingresso do cinema é um começo, mas é pouco. Tudo conspirava contra sua inocência. As provas eram irrefutáveis. Havia sangue, sêmen e saliva que o condenavam, mas por que ainda assim se diz inocente, de forma tão enfática? Andreia via algo em seus olhos. Qual seria o motivo da dúvida? Claro que todos os criminosos fariam o mesmo para livrar-se da cadeia. A contraprova com o exame de saliva confirmou o exame anterior, tanto pior, no entanto, ainda haveria a confrontação do GPS do celular. Ali estaria marcado que ele ficou duas horas parado no cinema. Um cronômetro seria utilizado pela perícia para contar o tempo e verificar se era possível ele ter saído depois para cometer o crime. Haveria entrevistas com testemunhas, vizinhos, consultas às imagens de câmeras das proximidades. Tudo contraposto nas normas da lei.

Luiz Flávio recebeu a notícia do aceite de Andreia para tornar-se definitivamente sua defensora, tendo que, para isso, desfazer-se de sua próspera vida anterior com estranha passividade. Seus olhos emanavam um brilho pálido, mas, no fundo da alma, brotava um fio de esperança. Não compreendia como Andreia poderia livrá-lo do imbróglio, mas, por tê-lo aceitado, alguma estratégia haveria de apresentar. A advogada, por sua vez, propunha-se a, de alguma maneira, contribuir com a defesa do acusado.

– Saí do trabalho e fui ao cinema, doutora. A sessão começou às 19h, o filme tinha duas horas e meia de duração. Às 21h, segundo os legistas, Lia Francine já estava morta – olhou nos olhos de Andreia, a face dela sem expressão.

– Muito bem, Luiz Flávio, é dessa certeza que eu preciso. Mas se o GPS confirmar sua presença nas imediações por tempo suficiente para cometer o crime, não teremos mais nada.

– Compreendo claramente, doutora – Luiz Flávio relaxou os ombros, apertou a mão de Andreia e sorriu para ela.

CAPÍTULO 19

Fazer diagnósticos difíceis talvez seja uma das mais excitantes vantagens de se exercer a medicina. A despeito de outra pessoa estar sofrendo e precisando de ajuda. Alfredo, enquanto médico, em muitas oportunidades deparou-se com casos complexos envolvendo seus amados pacientes, talvez por isso na prisão tenha desenvolvido o gosto por charadas e exercícios mentais. O ambiente da prisão, a monotonia diária, pode ser maçante para cabeças ansiosas como a de Alfredo. Por este motivo, ficava tão fascinado pelo relato de Luiz Flávio, sua história em relação ao diagnóstico e posterior desfecho. Tentava criar ou lembrar todo tipo de charada e divertia-se pedindo a Luiz Flávio que as resolvesse.

– O que é que sempre corre e nunca sai do lugar?

– Um ladrão assustado – chutava Luiz Flávio.

– Não, a esteira – ria com gosto Alfredo.

– Um homem olha para um retrato e diz: irmãos e irmãs, eu não tenho, mas o pai deste homem é o filho do meu pai. Quem está no retrato?

– Não faço ideia – dizia Luiz Flávio sem muito pensar na resposta.
– O próprio filho do homem.

E seguia.

– Eu subo sem escalar e deixo você quente, mesmo quando está frio. O que sou eu?

– Eu acho que sei. Uma mulher fogosa?

– Não – riu Alfredo – a febre.

– Já que você é tão esperto, por que não tenta decifrar a minha história? – provocou Luiz Flávio.

– Vou tentar. Sinto que tem coisa interessante vindo aí.

O doutor Carlos Alberto meneou a cabeça, colocou os óculos de leitura e retirou de dentro do envelope a folha oficial, em cujo cabeçalho podia se ler em letras garrafais: LAUDO ANATOMOPATOLÓGICO DE BIÓPSIA DE MEDULA ÓSSEA.

Leu e releu o laudo duas vezes. Especificações técnicas e descrições detalhadas dos achados micro e macroscópicos dos fragmentos removidos. Para Luiz Flávio, o que interessava estava escrito em uma linha logo abaixo da palavra conclusão. O doutor, por sua vez, atinha-se a detalhes técnicos, e essa demora o exasperava. As mãos não aguentavam paradas, o coração como um tropel de cavalos em diligência e a boca seca, quase a sufocá-lo.

– Por favor, doutor, qual o resultado? – a voz saiu rouquenha, desafinada.

Ele deitou o envelope na mesa, tirou os óculos do rosto, esfregou os olhos com a pinça dos dedos, suspirou profundamente e, por fim, falou.

– Luiz Flávio, o resultado de seu exame revelou o diagnóstico de leucemia mieloide aguda; câncer das células brancas do sangue.

– Câncer? Por favor, doutor, diga que isso não é verdade.

– Doutor, não é possível. Tão jovem? – Fernanda pediu uma explicação.

– É a natureza. Nossa genética é incerta. Ocorre uma mutação em uma célula e é disparada uma ordem para proliferar. Depois disso, o acelerador é travado e os freios não funcionam. As células se dividem sem parar. Genes rebeldes. Eles são os culpados – foi o que ele disse para o paciente sentado à sua frente.

– Mas, doutor, isso significa que eu vou morrer? – apelou.

O médico suspirou novamente, procurando energia para explicar algo que poderia levar duas horas e, mesmo assim, não ser compreendido. Entendia que se considerava não um instrumento de Deus e sim da ciência, e, como tal, sempre insuficiente para explicar destinos.

– Não significa isso, de modo algum. Significa que há uma produção desordenada de formas imaturas de componentes sanguíneos em sua medula óssea, que sufocam as células saudáveis do seu sangue. Elas se dividem tão rapidamente que nem conseguem amadurecer. Iniciaremos o combate. O prognóstico sombrio da doença mudou muito nos últimos anos com o advento da quimioterapia. Não vou dizer a vocês que não é grave, mas afirmo que há tratamentos e várias opções de fazê-lo. A primeira é iniciar um ciclo de quimioterapia. A partir de agora, você ficará internado no hospital para uma série de exames. Não sabemos quanto tempo durará a guerra e quantas batalhas serão necessárias até o fim, mas prepare-se: a luta vai durar algum tempo.

Foi admitido no hospital com o diagnóstico de leucemia e imaginava ser visto por todos como um doente de câncer. Seria maculado para sempre como um doente de câncer. Ninguém mais confiaria em alguém sem futuro. Seria visto como alguém prestes a morrer ou, se sobrevivesse, como alguém que poderia morrer. A sua identidade receberia um odioso carimbo. O câncer a macularia com a tatuagem da morte.

No caminho que o levava ao hospital para a internação, avistou a cúpula do lugar com o mesmo sentimento de um fóbico quando se aproxima do aeroporto.

Na enfermaria oncológica, deparou-se com um ambiente em frenética atividade. Enfermeiros e técnicos entravam e saiam das unidades com bandejas repletas de seringas, equipos e medicamentos. A ala abrigava todas as especialidades que se dispunham ao tratamento do câncer. De um lado, pacientes submetidos à radioterapia; do outro, pacientes cirúrgicos e, mais afastados, no outro lado do corredor, os enfermos em quimioterapia. Em frente à ala da quimioterapia, a maternidade. A proximidade de recém-nascidos saudáveis não era uma ameaça aos leucopênicos e imunodeficientes. De tempos em tempos, ouvia um choro de bebê e pensava que talvez não cumprisse um dos desígnios do homem, que é ser pai. Todavia, logo percebeu que não era o único ser humano com câncer no mundo, apesar de não estar interessado em outros doentes além dele próprio.

Foi puncionado na mais calibrosa veia visível de seu antebraço e um equipo com soro instalado. A moça do laboratório chegou logo após com uma maleta para coletar uma quantidade significativa de sangue para a primeira incursão oficial ao mundo da leucemia mieloide aguda.

Passou a primeira noite internado sob intensa atividade cerebral. Ora se exasperava com sua condição de moribundo, ora uma lufada de esperança o removia das garras do desânimo. Em alguns momentos conseguia dormir devido ao extremo cansaço e fraqueza e, ainda assim, o sono era perturbado por pesadelos. Sonhou que estava se afogando e, em meio ao pânico da morte, tentava agarrar-se em algo, para logo perceber tratar-se de uma palha oscilante em meio às ondas; depois, mergulhou profundamente em direção ao abismo sem luz. Sonhou em outro momento que era nada mais que um esqueleto ambulante revestido de pele e, por baixo do invólucro de epiderme rala, o corpo passava a devorar a si mesmo.

O doutor Carlos Alberto chegou às 9h com um calhamaço de folhas embaixo do braço e uma prancheta de anotações.

– Seus exames estão prontos, meu amigo. Dei uma boa examinada e já tracei seu protocolo.

– Como estão, doutor?

– Péssimos, Luiz Flávio. Péssimos. Mas eu não esperava nada diferente.

– Bom, doutor, pelo modo como me sinto, só poderia ser assim.

– Vamos transfundi-lo. Seu hematócrito está muito baixo e suas plaquetas também. Sem falar dos leucócitos incompetentes. Se uma brisa maldosa esfriar suas narinas, você pode pegar uma pneumonia. Um arranhão e você sangra até morrer. Se caminhar por este quarto, não chegará até a porta devido à fadiga. Seu sangue está ruim, Luiz Flávio. Muito ruim. Se continuar assim, você não aguenta a quimioterapia.

– Está tudo explicado.

– Sua medula doente está produzindo inúmeras formas imaturas e sem utilidade. Sufocam as células boas. A hemoglobina não transporta oxigênio, as plaquetas não cicatrizam os ferimentos e os leucócitos não o protegem contra as infecções. Você está vulnerável.

Fernanda chegou trazendo em suas mãos um buquê de açucenas rosas. Recebeu-as de Augusto, em nome da empresa, com um pequeno bilhete. Ela cumprimentou o doutor, considerou oportuna sua presença, pois poderia ler a mensagem para ambos.

– Tu és o médico divino. Tu dás a vida e a vida em plenitude àqueles que te buscam. Por isso, hoje, Senhor, de um modo especial, quero pedir a cura de todo tipo de doença, principalmente daquela que me aflige neste momento. Eu sei que não queres o mal, não queres a doença, que é a ausência de saúde, porque és o Sumo Bem.

– Bonita mensagem – o doutor fazia o comentário sem desviar os olhos da prancheta com os exames dispostos.

– Seus colegas gostam muito de você, Luiz Flávio. Criaram um grupo de orações e até pediram ao Padre Lauro que viesse lhe fazer uma visita – aproximou as açucenas para que ele sentisse o aroma.

– Por favor, Fernanda. Não quero nenhum padre aqui para me dar a extrema-unção – afastou as flores do rosto.

O doutor, por um instante, permitiu-se um sorriso.

– Isso, Luiz Flávio, deixe o padre fazer suas orações na paróquia mesmo.

– Ora, a intenção não foi essa e vocês sabem disso – Fernanda os censurou.

– Vamos conversar sobre o tratamento, Fernanda. As coisas com essa doença costumam ser rápidas. Ele está muito fraco para iniciar o ciclo hoje. Espero que, com a transfusão, possamos melhorar as taxas sanguíneas. Iniciarei antibióticos como medida profilática. A quimioterapia irá atacar as células malignas, mas também destruirá muitas células normais. Devemos estar preparados para isso.

– Quanto tempo vai durar, doutor?

— A primeira fase durará sete dias. Chamamos de fase indutiva. Precisamos destruir o maior número de células leucêmicas possíveis. Para isso, usamos o esquema 7 mais 3. Nos primeiros três dias, utilizamos citarabina com idarrubicina e, depois, citarabina até o final. Daqui a uma ou duas semanas, repetiremos a biópsia de medula para ver se ela diminuiu a produção do mal.

— Mais agulhas em minhas costas, doutor?

— A guerra nem começou. Estamos no quartel-general deliberando sobre as estratégias. Eu sou o general e, você, o soldado que sairá da trincheira para combater o inimigo – apontou o dedo para ele. – Um inimigo interno e muito ardiloso. E Fernanda é a esposa que o aguarda em casa.

— E depois, se não der certo? – vacilou na voz.

— Aí chamarei o padre Lauro para lhe fazer uma visita.

— Ah, doutor! – Fernanda reclamou.

— Discutiremos outras opções depois. Uma coisa de cada vez.

Sete parecia ser um número cabalístico e, por definição, enigmático. Um número que poderia definir seu destino. Sete dias lhe deram para curar um vírus e, agora, sete dias para curar um câncer. A primeira fase do tratamento seria fundamental para observar os rumos da doença e se a droga seria capaz de aniquilar todos os inimigos internos sem destruir a população civil.

Antes da batalha, a preparação para a guerra. Para isso, foi instalado o sangue para a transfusão. O seu sangue era tipo B. A primeira dose da quimioterapia iniciaria no dia seguinte. Fortalecido com a transfusão sanguínea e protegido contra infecções, na manhã de uma ensolarada quarta-feira, iniciou o primeiro ciclo de quimioterapia.

A sessão toda durou cinco horas. Todas as manhãs antes das sessões, Fernanda ia até o hospital para trazer mensagens de apoio de seus colegas de trabalho. Os companheiros de banda prometeram se juntar novamente para um triunfal *show* de retorno. Essas mensagens o fortaleciam para seguir em frente.

As visitas do doutor Carlos Alberto eram sempre um momento de ansiedade. Aguardava a chegada dele para saber dos exames, assim como torcia para que não viesse. Acomodava-se de certo modo na ignorância. Não saber, em certos momentos, o protegia das estocadas que uma má notícia poderia causar em seu estado de espírito.

No quarto dia de quimioterapia, os efeitos colaterais começaram a aparecer. Fadiga, cansaço, diarreia, dor abdominal e a temida perda de cabelo. A droga fazendo efeito sobre as células sadias. Restava saber se estava agindo sobre as células doentes.

A primeira fase da quimioterapia terminara. Sobrava agora o rescaldo do incêndio. Fazer a contagem dos mortos e feridos. Aguardar se a fênix pousaria com suas penas brilhantes e douradas, viva em meio às próprias cinzas, ou o mesmo monstro dali ressurgiria e passaria a assombrá-lo novamente.

– Essa é também a nossa curiosidade, Luiz Flávio. Em poucos dias, você fará novos exames. Um hemograma e outra biópsia de medula. Aí, sim, veremos se está em remissão – o doutor Carlos Alberto respondia à sua pergunta.

– E se não der certo, doutor? – Fernanda ouvia a explicação.

– Existem alguns exames genéticos que poderemos fazer para avaliar o subtipo da leucemia de Luiz Flávio. São fatores prognósticos.

– O que isso significa?

– Significa que uns são mais agressivos que outros.

– Por que não foram feitos antes?

– Porque não mudaria o tratamento.

– E se a doença voltar, doutor, o que faremos?

– Se a doença não entrar em remissão ou a remissão for parcial, refaremos a indução e tentaremos um transplante alogênico de células hematopoiéticas.

Foi a primeira vez que ele mencionou o transplante.

Alguns dias depois, sentia-se revigorado, a disposição sofrera uma reviravolta. Voltava à vida, à comida e aos movimentos. O zumbido silenciou, o tropel de cavalos diminuiu a marcha e as dores pelo corpo desapareceram. Pronto para ir para casa. Um hemograma na alta revelou uma diminuição substancial dos leucócitos, mas nada que o deixasse à mercê de uma infecção mortal, porém plaquetas acima de cem mil e hemoglobina em dez. Algumas orientações para evitar as temíveis infecções. Lave as mãos com frequência, evite aglomerações, não coma nada cru. As mesmas instruções para se evitar um resfriado.

– Você descansará um pouco e, em duas semanas, coletaremos a biópsia da medula e, se necessário, o teste citogenético. Retomaremos o tratamento com a fase de consolidação. Espero que tudo dê certo – essas foram as últimas instruções do médico.

Voltou para casa após a primeira longa batalha. Percebia-se fisicamente bem, contudo, a alma ainda estava insegura quanto ao destino. O doutor o proibiu de receber visitas ou sair de casa. A prisão havia trocado de endereço. Estou na condicional, brincou. Contudo, o apoio de amigos e colegas acumulavam-se na caixa postal. Recebeu diversos e-mails e mensagens no aplicativo de celular, conclamando a seguir em frente, a resistir. O diretor da Rotschild redigiu uma carta reafirmando a sua importância na empresa, o quanto era querido por seus colegas, que o admiravam pela coragem, e por esse motivo, um exemplo positivo aos demais. Você é um guerreiro, dizia no texto, precisamos de guerreiros como você.

Regressou ao lar como se nunca tivesse ficado doente e tudo o que lhe haviam roubado, em instantes, fora devolvido. Todas as coisas ainda ali, intocadas. Os móveis, os livros e os discos, como se tudo que vivera nas últimas semanas fosse apenas um pesadelo. No entanto, havia algo que parecia ter regredido. A vida conjugal do início de casamento. Ela, deitada na cama. Um enorme espelho refletia o corpo feminino parcialmente nu, a calcinha de renda preta, a toalha de banho enrolada na cabeça, o perfume, o cheiro de sua pele, o hálito doce e quente. Ele a agarraria por trás, beijaria seu pescoço, desataria o sutiã. Nem lembrava mais quando fora a última vez que fizeram amor. Mas, o desejo de tocar aquele corpo de mulher não era mais o mesmo. Que efeito aquele preparado químico havia causado em seus hormônios, não sabia precisar. Aproximou-se dela, como sempre fazia, e algo importante deixou de acontecer. Abraçou-a com carinho, beijou de leve seu rosto e a levou para cama, como um pai que põe a filha para dormir. Vestiu o pijama, cobriu-lhe as partes íntimas e lhe deu boa noite.

– Descanse, Luiz Flávio. Não se preocupe – ela ainda disse. – Você deve se fortalecer primeiro, meu amor.

Luiz Flávio contava os dias, as horas e os minutos até o dia em que seria revelado o resultado da última biópsia de medula e a tão propalada remissão. Trocando em miúdos, a cura total da doença, embora soubesse que o conceito de cura fosse um tanto relativo e tivesse a ver com o tempo sem a doença. Além disso, conhecia os números: menos de 5% de blastos, remissão total, entre 5 e 20%, remissão parcial, e acima de 20%, o monstro ressurgiu. Passou um bom tempo pesquisando na internet tudo o que pudesse saber sobre a doença, até perceber o quão desgastante e deprimente era aquilo tudo.

– Eu falei para você não ficar caçando coisas na internet. Ali o cenário é sombrio e aterrorizante – Fernanda o censurou. – Tudo o que precisa saber, o doutor Carlos Alberto vai lhe falar. Se acalme. A não remissão não significa a sua morte. Significa que terá que fazer o transplante.

– E quem será o doador? Não tenho irmãos e meus pais faleceram há muito tempo.

– Deixe para se preocupar com isso depois.

– Lembra que quando éramos apenas namorados, falei que tinha medo do futuro?

– Lembro.

– O futuro chegou, e eu estava certo.

– Quantas vezes mais vou ter que lhe pedir para parar de pensar em besteiras? Isso que você fala são armadilhas da sua mente. Você mesmo está se sabotando.

– Você tem razão. Mas estou tão cansado e desanimado que não consigo visualizar a luz no fim do túnel.

– Depois que tudo isso passar, você vai tirar bons aprendizados desse sofrimento; vai crescer como ser humano. Será outro homem.

– Se eu sobreviver, você quer dizer.

– É você que está dizendo que não vai sobreviver. O que eu digo é que ainda tem opções se o pior acontecer.

A nova biópsia de medula óssea estava pronta, o doutor mandou avisar. Assim, de supetão. Como alguém que anuncia um emprego. Venha logo ou preencheremos sua vaga com outra pessoa. Só que a vaga para aquele emprego era só dele. Ninguém mais poderia preenchê-la. A expectativa do anúncio o exasperou. Queria que demorasse um pouco mais. Queria aproveitar aqueles dias em casa.

Ora, mas e se as notícias forem boas? Para que se alarmar desse jeito? E os pactos com o Diabo? Poderia combinar com o Satanás alguma chantagem. Poderia mexer os pauzinhos na empresa e arrumar um emprego para algum chegado do Capeta. Era amigo dos diretores e, caso sobrevivesse, prometeram-lhe um cargo na gerência. Entretanto, acreditava que o Capeta tinha fome de peixes grandes e não de uma sardinha qualquer como ele. Existiam mais deputados e senadores com quem o diabo pudesse barganhar. Esqueceu do Capeta e tentou negociar com Deus. Olha, amigo, você viu quantas orações eu rezei no período da internação? Quantas louvações e declarações de amor eu fiz para você? Por outro lado, ouviu dizer que Deus queria mais sacrifícios para provar a lealdade, de modo que achava que a ajuda divina não viria por tão pouco.

O doutor estava com o envelope em mãos. Um envelope enorme e estufado. Não lembrava quais exames haviam sido realizados. Sabia da biópsia de medula e, a depender do resultado, alguns outros, como a citogenética, que não entendia o que significava; além do já tradicional e mui amigo hemograma.

O consultório era familiar. Nada de novo em sua decoração, além de um sentimento de *déjà vu*. Até a face do doutor não oscilara e parecia que o transcurso de tempo entre uma consulta e outra foi o tempo de um mero instante.

– Quanto mistério, doutor, para dizer que estou curado – tentou adiantar a revelação.

– Calma, Luiz Flávio, eu não falei que era certeza de cura. A medicina lida com estatísticas e probabilidades. Existem alguns tumores que respondem à quimioterapia e outros não. É preciso ter cautela antes de cantar vitória.

– Fique tranquilo, meu amor, o que vier, enfrentaremos – Fernanda era a fortaleza em pessoa.

O envelope nas mãos do doutor lembrou-lhe o oráculo divino detentor de todo o saber inerente ao futuro. O consultório, uma caverna em Delfos, onde o monstro Píton fora perseguido pelo deus Apolo, que queria vê-lo exterminado. Morto, Píton estaria em decomposição, emitindo vapores intoxicantes vindos debaixo da terra e escapando por fissuras, possibilitando as alucinações mediúnicas dos sacerdotes, que porventura os inalassem. Dentro do envelope estaria aprisionado o gás alucinógeno, cujo doutor profeta então passaria a agourar palavras acerca do futuro.

– O senhor já sabe o resultado, doutor?

O doutor Carlos Alberto ergueu os olhos fixos e dilatados, como se absorvido pelo conteúdo enigmático do envelope e passou a encará-lo, compassivo.

O cavaleiro do apocalipse enfim chegou, montado sobre o cavalo baio amarelo, carregando em sua mão esquerda a gadanha afiada. O nome do cavaleiro era Morte e o inferno o seguia de perto. O inferno, o conteúdo da revelação e toda a sorte de consequências...

– Temo que tenha más notícias, Luiz Flávio.

– O senhor teme, não é mesmo? E eu, o que tenho a temer?

– Muita coisa, Luiz Flávio, muita coisa. A sua doença voltou e mais forte ainda. O seu sangue está saturado de células leucêmicas. Mais de 100 mil e contando para cima. E para baixo as células vitais que carregam o oxigênio. Você leva em seu sangue algo semelhante a um monstro mitológico. A cabeça de leão, o corpo de cabra e a cauda de serpente.

– Doutor, por favor, não entendo o que você fala.

– O monstro que você carrega dentro de ti é um cromossomo. Houve uma fusão. A cabeça do cromossomo 6 fundiu-se ao corpo do cromossomo 9. Formou a translocação do 6 no 9. O resultado dessa fusão ativou genes envolvidos no controle, proliferação e diferenciação das células hematopoiéticas. Esse gene codifica RNA mensageiro envolvido na leucemogênese.

– Por que ocorreu essa, sei lá o que significa, translocação? O que fiz de errado?

– Ninguém sabe. Sabemos que o cromossomo, por algum motivo, rompeu-se e se ligou a outro. Uma parte do DNA de um cromossomo se ligou ao DNA de outro cromossomo. E isso causou a ativação de genes relacionados à replicação celular.

– Explica minha doença do ponto de vista da ciência, mas não ajuda em nada. Sou ainda um homem jovem prestes a morrer. O que o senhor pode fazer para me ajudar com essa informação?

– Vários aspectos, Luiz Flávio. Em primeiro lugar, explica que a sua doença é, de fato, grave e que talvez apenas o transplante poderá ajudá-lo. Uma única célula hematopoiética que restar na medula voltará a se dividir descontroladamente e o câncer voltará. Essa única célula pode ser responsável pela não remissão da doença e pela sua morte. A única chance que você tem é o transplante alogênico de células-tronco hematopoiéticas de medula óssea. Contudo, antes do transplante, temos que arrasar completamente a sua medula. Não poderá restar pedra sobre pedra. E isso pode ser muito perigoso.

– Parece bastante invasivo. Pode me deixar sequelas?

– Melhor não pensar nisso agora.

– Diga, doutor, eu preciso saber, prefiro ouvir tudo de uma vez.

– Uma delas é a esterilidade.

Luiz Flávio abaixou a cabeça depois de olhar rapidamente para Fernanda.

– Não significa que irá acontecer, mas você deverá estar preparado para isso – completou o médico.

– Mas por que tudo isso está acontecendo comigo?

– O que interessa agora é a sua vida. Depois, se ficar estéril, existem outras formas de ter filhos. Vocês poderão adotar um bebê, podem ter um cachorro para alegrar a família. Não se preocupe com isso agora. Preocupe-se com você mesmo. A quimioterapia destrói as células do corpo que se dividem rapidamente. Os espermatozoides se replicam em uma boa velocidade e são um alvo fácil para os efeitos da quimioterapia, mas você é jovem e os riscos de isso acontecer são menores. Então, aguente firme. Para fazer o transplante, uma nova quimioterapia será instituída para exterminar qualquer traço de sua medula. O objetivo é erradicar as células defeituosas e abrir espaço para o surgimento de unidades novinhas em folha.

– Doutor, não tenho nenhum familiar próximo em condições de doar. Não tenho irmãos, não tenho parentes.

– Não se preocupe. Encontraremos um doador no cadastro nacional de doadores. Entretanto, há um problema ainda a ser mensurado antes de darmos continuidade ao tratamento.

– O que é, doutor? Não basta a instância em que já me encontro?

– Os mistérios da vida são bem mais complexos do que podemos supor. Se as suas células leucêmicas já tiverem invadido seu cérebro ou sua coluna, de nada adiantará continuarmos com isso. A quimioterapia não penetrará em seu cérebro nem na coluna vertebral na quantidade necessária para a aniquilação completa, de modo que tudo se tornará ineficaz. A leucemia voltará, independentemente do que for feito.

– O pesadelo não tem fundo.

– Você fará uma ressonância. Só depois continuaremos com o seu processo.

– Quando vamos começar, doutor?

– Agora. Você não tem muito tempo. O relógio foi disparado. Estamos correndo contra o tempo. Como eu disse, o tempo não é nosso amigo.

O médico hebiatra estava atônito, tamanha originalidade no relato do seu companheiro de ala. A curiosidade médica não deixou de aflorar na mente criminosa de Alfredo, estava desperto o suficiente para passar a noite toda ouvindo a viagem abismal e o ressurgimento do amigo das profundezas da morte. Afinal, se estava ali, na sua frente, é porque se salvara de algum modo.

– O que aconteceu depois? Como se safou dessa?

– Calma, meu amigo. Temos muito tempo para te contar tudo. Agora preciso dormir.

Ao acordar na manhã seguinte, Luiz Flávio observou o terceiro prisioneiro em pé, agarrado às grades, parecendo examinar tudo de modo atento e desagradável, atitude inédita até o momento. Um sujeito forte, tatuado até o pescoço, rosto marcado por vincos profundos, pinta de prisioneiro antigo. O engenheiro se perguntou o que teria feito aquele brutamontes para estar ali, como eles, apartado dos outros detentos. Poderia ser um estuprador também. Não pediria tal informação ao companheiro porque tudo que fosse falado ou gesticulado não passaria despercebido pelo indivíduo. O homem recebeu a quentinha das mãos do carcereiro, que o tratou com deferência. Como se devesse a ele a própria vida. Cochicharam palavras inaudíveis e o guarda, com uma mesura, despediu-se. E assim o dia passou.

Primeiro, não conseguiu abrir a boca para puxar o ar. Depois, percebeu que seus braços estavam presos em uma espécie de corrente. As pernas envoltas em um lençol enorme e a sensação de que fora colocado em um caixão e que prendiam a tampa a pregos. Tentou se debater, mas faltou força. Forçou do fundo do pulmão os últimos vestígios de fôlego, entretanto, sua via aérea estava vazia. Nem havia acordado e tinha a sensação de que iria desfalecer. Pesadelo... não, não era um pesadelo.

Em plena madrugada, a figura do homem da outra cela, obstinado, agarrado a ele. Dava para sentir o bafo azedo que vinha da boca entreaberta. A luz do luar penetrava tímida pela fenestra da claraboia sobre sua cabeça, iluminando em tons prateados um rosto redondo marcado por incisões disformes. As órbitas circulares e fixas do homem da terceira cela transluziam um halo vermelho ao redor da íris negra, como os olhos furiosos do demônio. A mão do indivíduo tapava sua boca com força e dois homens em cada lado de seu corpo seguravam seus braços. Tentou, com debilidade, se desvencilhar da contenção, com os reflexos abolidos pelo estágio do sono em que fora arrancado, o corpo não se mexeu. Uma onda de pavor surgiu de seus olhos azuis congestos e dilatados. Não conseguia compreender o que acontecia até o brutamontes sussurrar em seus ouvidos:

— Isso é pelo que você fez à minha irmã, seu vagabundo — e a surra começou. Uma pancadaria surda e limpa. Recebia as estocadas com os punhos fechados dos agressores de cada lado de seu corpo. Golpeavam-no nas costelas, de modo que cada soco piorava a falta de ar. Só a muito custo conseguia inalar pelas narinas parcialmente bloqueadas pela mão do ofensor. As pancadas surdas não causavam estrépito e ninguém aparecia para acudi-lo. A porta de acesso à ala estava fechada. Seu colega dormia, seus olhos não viam e seus ouvidos não ouviam. Sua boca foi tapada definitivamente com uma fita crepe. Sentiu o gosto de sangue vivo escorrer goela abaixo enquanto batiam em seu rosto e em suas costas. As pancadas nos olhos logo encobriram o resto de visão que tinha em meio à penumbra. Quando os próprios agressores não encontravam mais forças para maltratá-lo, foi deixado sangrando e ofegante, estertorando e gemendo. Ao sair, o brutamontes, com as faces suadas, ainda disse em seus ouvidos:

— Entende agora o que minha irmã sentiu? Não acabou, vai ter mais.

Luiz Flávio ficou na mesma posição até a alvorada, quando os carcereiros abriram a ala para entregar o café da manhã. Seu companheiro estava em pé e tentava fazê-lo acordar de todo modo, receoso de que já não estivesse mais com vida. O outro homem não habitava mais a outra cela.

CAPÍTULO 20

Quantos questionamentos Andreia gostaria de fazer para a médica geneticista, a amiga que Hortência apresentaria em instantes. Pensara no almoço por ser algo menos intimista, mais casual e profissional. O motivo era extrair informações no que concernia à problemática relacionada ao caso de Luiz Flávio e às possibilidades não suspeitadas nem elucubradas até então. Apesar de que Hortência as acompanharia no encontro e já deduzira que a danada poderia ter intenções não necessariamente filantrópicas... contudo, não lhe restava opção e por isso não se daria ao luxo de se distrair por questões comezinhas e egoístas.

Andreia, sentada em sua mesa predileta, no mesmo restaurante de tantos encontros, pôde observar por um instante, enquanto se dirigiam à mesa, os evidentes contrastes anatômicos entre as duas. Hortência, alta e reta, e a outra, beirando um metro e setenta, formas arredondadas ao estilo musa de concurso. Regina impressionou Andreia assim que a viu. A beleza natural era corroborada através de lábios bem delineados e preenchidos, cabelos negros lisos e brilhantes bem-cuidados se debruçavam balouçantes sobre os ombros e a pele sedosa sem manchas. Vestia um *tailleur* rosa impecável com botões dourados e usava um sapato de salto alto na mesma cor de ouro. Chegou esbanjando simpatia e autoconfiança, como sabedora de que viera até o encontro por conta de sua autoridade no assunto ao qual se dedicara desde que se formara na faculdade.

– Aqui está, conforme prometido – brincou Hortência enquanto ajustava a posição da cadeira bem juntinho da de Andreia.

Esta, ainda tentando processar os sentimentos em relação à convidada, irritou-se, sem demonstrar, não sabia qual era a da Regina e as possibilidades de cara não precisavam ser descartadas.

– Ponto para você, minha cara – enquanto elogiava Hortência, apertou a mão de Regina, percebeu-a macia e úmida. Apontou a cadeira ao lado, sinalizando para sentar-se.

– Vamos pedir o menu? – falou Hortência, atenta a tudo.

– Prefiro o prato do dia. É mais rápido. Sabe como é. Deveres nos chamam. Tenho que laudar vários testes de paternidade – avisou Regina, num subentendido para não se alongar muito na entrevista.

– Claro – concordou Andreia – os nossos compromissos são prioridades.

Chamado o garçom, todas confirmaram o prato do dia. *A La Minuta*, reforçada com feijões e saladas.

– Desculpa por tirá-la assim de sua rotina, mas conforme disse a Hortência, estou envolvida na defesa de um acusado...

– Já sei do que se trata – atalhou Regina.

Diante da beleza em forma de mulher, Andreia quase esquecera as muitas perguntas que formulara, restando poucas, que saíram direto, no automático.

– Pois, então, doutora, o que você tem para me ajudar? De que maneira posso abordar a minha defesa? O que pode ter escapado ao nosso olhar?

– À primeira vista, não há muito o que contestar, Andreia. Veja bem, vários fragmentos diferentes o incriminam. Encontrados sêmens, saliva e sangue compatíveis com o acusado. Contraprova realizada com saliva confirma a identidade do seu cliente. Entende a dificuldade?

– Entendo, claro. Não há meios de ter sido outra pessoa?

– Com a contraprova positiva?

– Ficou difícil, né?

– Desculpe ser tão enfática, mas é uma causa perdida, ele, definitivamente, é o assassino.

Um silêncio constrangedor, margeando a tristeza, se apossou da mesa. Andreia sentia que havia apostado sua vida profissional no cavalo manco. Hortência teve a missão de quebrá-lo:

– Então, meninas, vamos mudar de assunto. Que tal conversarmos coisas mais amenas enquanto aguardamos a comida? – sugeriu Hortência cujos interesses já sabemos.

– Temos que comer ainda, não é mesmo? – concordou a colega.

– Então, Regina, faz um tempo que não nos encontramos. Como está sua vida amorosa? Emocionante?

Andreia, que neste momento levava o copo d'água à boca, quase se engasgou.

– Não muito.

– Linda assim, por certo não deve ter muito tempo para aventuras – ousou também Andreia.

– Tive meus relacionamentos. Nem todos muito legais.

– Não encontrou a companhia certa, não é, Regina? – provocou Hortência.

– Deve ser, né, amiga? – riu a outra.

– Por que não saímos para um rolê, nós três? À noite, desta vez. Quem sabe não encontre o prazer e a felicidade que tanto procura? – Hortência apontou o dedo para Andreia e depois para si mesma.

Regina caiu na gargalhada, pois conhecia a ousadia da amiga, não se sentiu acuada.

– Quem disse que procuro?

– Todo mundo procura, minha flor.

Andreia sentiu-se excitada pelo rumo da conversa, interessou-se a partir daí para ver no que ia dar a proposta, e admirou a ortopedista pela ousadia. Como se fizesse o que ela própria não tinha coragem de propor.

– Ora, Hortência, você sabe do que eu gosto – suspirou Regina.

– Você não sabe o que está perdendo – riu com vontade.

– Sei muito bem.

Andreia sentiu o banho de água fria, respeitava os interesses de cada um, apesar de querer pular no colo dela. No entanto, controlou os impulsos e virou-se para quem poderia dar vazão aos seus instintos naturais. Hortência obtivera mais um ponto na caderneta.

CAPÍTULO 21

O dia seguinte amanheceu sombrio. Do leito da enfermaria, no térreo do pavilhão, deitado inerte, pálpebras avolumadas encobriam as órbitas e, assim, não podia ver o pátio lá fora. Uma chuvinha fina caía devagar. Não havia vento e não fazia frio. As janelas estavam abertas, apenas as grades de ferro imóveis, postas firmes no concreto. Outros enfermos nos leitos ao lado, desconhecedores da transgressão, expectavam piedosos, irmanados no flagelo. Devagar, voltava à consciência, então pôde rememorar os detalhes. Ataduras apertadas sobre a cabeça e os braços. As costelas doloridas. A cada puxada de ar, a sua falta e a dor do esforço para obtê-lo. Uma cólica insistente vinha do abdômen em forma de ondas. Intermitente e inexorável. Contudo, o pior mal fora a ferida em sua alma. O irmão de Lia Francine, preso no mesmo complexo, e ninguém o avisou. E o que adiantaria saber de antemão, afinal? Só aumentaria a angústia da espera. Houve alguns sinais, mas nenhum claro o suficiente. E a ameaça ainda persistia. Poderiam tê-lo matado ali, sem dúvida. Mas não o fizeram para poder torturá-lo ainda mais. Mais e mais vezes. Talvez, se o tivessem matado, teriam lhe feito um favor, mas o prazer da vingança não seria tão grandioso quanto poder machucá-lo outras vezes. Urgia ainda mais a necessidade de absolvição ou, pelo menos, uma transferência.

Pela manhã, dois dias depois, abriu os olhos sonolentos e edemaciados e distinguiu, através da penumbra, ao lado do seu leito na enfermaria, seu filho e a esposa que aguardavam calados o despertar. Mal conseguiu esboçar um sorriso e levantar os braços esfolados estirados ao longo do leito para tocar o rosto suave de Bruninho. O menino, emocionado, abraçou-o sem levar em conta os machucados no corpo do pai. Já Fernanda olhava para ele com olhos inquiridores, como a observar traços da personalidade do marido pelo modo como dormia.

Andreia chegara há instantes ao presídio e observou pela porta entreaberta da enfermaria a presença da esposa e do filho do acusado. Da conversa não pôde captar muita coisa, apenas um certo grau de tensão pelo modo como Fernanda e ele gesticulavam. Fernanda, logo em seguida, passou correndo por ela, sem nem mesmo a cumprimentar, levando o filho puxado pelo braço.

– O que aconteceu aqui? – perguntou a Luiz Flávio assim que ficaram a sós.

– Você sabe como são as coisas na cadeia. Os desafetos nos perseguem onde quer que nos encontremos – exibiu novamente uma careta de dor ao esticar-se.

– O que há com a Fernanda? Vocês discutiram? Passou por mim feito um relâmpago.

– Sim, de novo é o exame da contraprova do DNA, e ela não se conforma com o resultado. Briga comigo toda vez.

– É claro que eu sei disso. Conversei com uma médica outro dia e ela não me deu muita esperança.

– Concordo, doutora, que as provas não me ajudam. Mas, se não for inocentado, morrerei aqui. Você vê o estado em que me encontro. Isso é só o começo.

– Você espera um milagre.

– Eu sei que ficou difícil. Neste momento, só posso contar com você. Prometa para mim que vai tentar de tudo para me ajudar?

CAPÍTULO 22

De volta à cela após um período longo na enfermaria, mas ainda sentindo dores, Luiz Flávio foi surpreendido por seu amigo pelo modo como lhe deu as boas-vindas. Fazia três longos meses que se encontrava preso. A rotina sacramentada no espírito de tal modo que o tédio corrompia a alma com negativos sentimentos acerca do enfrentamento do que quer que fosse surgir nos próximos dias. No entanto, o seu companheiro, cuja personalidade não era dada a essas comoções de perda ou desconsolo, experimentou trazer alívio ao humor do parceiro com o melhor dos remédios contra as feridas do desprazer e do fastio.

– Ei, Luiz Flávio! Está a fim de experimentar uma?

– Uma, o quê?

Alfredo levantou o braço em que exibia uma garrafa transparente com rótulo borrado. Falava com a língua enrolada.

– Ora, uma pinga, cachaça, aguardente, birita… o que você quiser.

– Você tá brincando. E como conseguiu?

– Com grana, meu amigo, consegue-se tudo.

— Você é demais, cara.

— Pronto para se libertar das tristezas e mergulhar no mundo da alegria e da felicidade?

— Libertar, é? – riu Luiz Flávio.

O amigo rolou a garrafa do destilado, amarrada em uma espécie de corda, para a cela de Luiz Flávio, que só teve o trabalho de desatarraxar a tampa. Mesmo de barriga vazia, ingeriu um gole generoso, que atingiu o fundo do estômago em segundos. O efeito foi imediato. O álcool invadiu a corrente sanguínea e chegou ao cérebro. O impacto, espetacular. Como se tivesse tomado um remédio. Luiz Flávio nunca havia percebido o efeito da bebida sob essa perspectiva. Como se uma borracha apagasse as aflições e os temores. A fala pareceu arrastar-se. O ambiente soturno e de infecto odor ocre de repente fora invadido por luzes coloridas e um agradável aroma de flores. Alfredo deliciava-se com o relato do périplo enfrentado por Luiz Flávio.

Deitaram-no em um enorme tubo, fechado por todos os lados, que emitia um estrondoso rugido. A despeito de estar encerrado na claustrofóbica e barulhenta caixa, precisava equilibrar as imagens soturnas que, como fantasmas, invadiam a sua mente. A expectativa do resultado do exame o exasperava. A presença de células leucêmicas no sistema nervoso era uma sentença de morte. Quantas circunstâncias para administrar; a presença ou não de células leucêmicas no cérebro, apesar das milhares já chispando na corrente sanguínea; à procura de um doador compatível em um universo restrito de opções; a esposa jovem e bonita, sem o marido saudável ao lado para a construção de uma vida juntos; e o sonho, um filho, para a continuidade de seus genes.

Andara lendo. A transmissão de genes defeituosos do câncer não seria repassada à própria prole. A hereditariedade tenta corrigir os genes ruins e talvez o acréscimo dos genes da mãe completasse a correção do defeito e impedisse essa fusão tresloucada nos seus descendentes. Apenas ele fora agraciado com a quimera. Esse monstro era só seu.

Depois da ressonância, foi submetido à coleta de líquor. Um jovem médico, chamado Rodrigo, assistente do doutor Carlos Alberto, era quem fazia a coleta. Enfiou uma agulha de grosso calibre em suas costas com o propósito de verificar, à semelhança da ressonância magnética, a infiltração de células leucêmicas no sistema nervoso central.

– E aí, doutor, o que encontrou?

– Não sei, Luiz Flávio. Tenho que enviar para análise. A olho nu, não consigo ver. Não é turvo como em uma meningite bacteriana.

– Pode haver infiltração com o líquido claro assim?

– Sem dúvida. O que vai determinar é a presença de células doentes na análise laboratorial. Em pouco tempo, o exame estará pronto e o doutor Carlos Alberto lhe informará os resultados.

– Quando você acha que poderemos fazer o transplante? – Fernanda tomou a iniciativa de perguntar.

– Vai depender de encontrarmos um doador compatível – respondeu.

– Você tem razão. Não temos muito tempo nesta busca.

– Não temos tempo algum, Fernanda. Porém, os testes de histocompatibilidade já estão sendo realizados.

– O que é o teste de histocompatibilidade? – percebeu que havia algo importante ali.

– O teste de histocompatibilidade é a compatibilidade entre os tecidos. Deixa-me explicar: há um grupo de genes no núcleo de nossas células, geralmente localizados no cromossomo 6, que se chama complexo de histocompatibilidade ou MHC. Eles codificam um grupo de proteínas, ou podemos chamar de antígenos, que acabam por se localizar na superfície das células de todo o nosso organismo. Esse complexo funciona como uma marca biológica e, por conta da variação genética, é praticamente único, ou seja, ninguém vai ter igual. A não ser gêmeos idênticos. Esse complexo no ser humano é conhecido como HLA ou antígenos leucocitários humanos. Chama-se leucocitário porque primeiro foi descoberto nos leucócitos. Ele identifica e impede que um corpo estranho entre e se espalhe pelo organismo. Sua função é avisar o sistema imunológico de que algo perigoso ou estranho invadiu o corpo e precisa ser eliminado. A grande dificuldade é encontrar essa compatibilidade o mais próxima possível entre doador e receptor. Obviamente, entre aparentados a probabilidade de compatibilidade é maior. Sabemos que você não tem irmãos, mas estamos procurando no sistema alguém compatível. São realizados avançados exames tecnológicos para saber a identidade genética entre doadores e receptores. A marca genética do doador deve ser a mais parecida possível com a do receptor. Todo o sistema imune deriva da medula óssea. No caso do transplante, o receptor não tem medula viável e, portanto, não produz células imunitárias. Todo o novo sistema imune provém da medula do doador e são essas células que rejeitam os tecidos do receptor. A famosa doença do enxerto *versus* hospedeiro. A maior causa de falha na pega do enxerto. Por isso, a necessidade de compatibilidade entre o doador e o receptor.

A coleta estava concluída e agora aguardavam os resultados na sala do doutor Carlos Alberto. Tornava-se difícil extrair alguma informação observando apenas a expressão facial dele, um médico experiente, acostumado a situações desalentadoras e, como tal, calejado nas artes médicas de informar desgraças. O semblante firme, nem alegre, nem triste, apenas impassível. Nem uma ruga visível indicando preocupação, tampouco alegria. Puro enigma.

Os envelopes todos em suas mãos. Três ao todo. Os resultados da ressonância, do líquor e o resultado do Redome. O Redome, o cadastro nacional de doadores de medula óssea. Sabia que não tinha tempo. Sem conseguir um doador, morreria em poucos dias. Por algum motivo, havia a esperança de que, no último momento, Deus lhe concederia um indulto.

O doutor abriu os envelopes e deitou-os sobre a mesa. Alinhou as três folhas, indeciso sobre qual ler primeiro. Talvez começasse pela ressonância, se negativa, partiria para o resultado do líquor e deste para a pesquisa do Redome.

Indiferente aos efeitos da demora, o doutor lia o extenso e prolixo texto que consistia no laudo da ressonância. Passou a ler em voz alta, a longa lista de detalhes anatômicos que compunham a forma física estrutural do sistema nervoso.

– Doutor, quero saber o que está errado e não o que está bom. Até agora, o senhor só leu o que está normal.

– Pois é isso mesmo, Luiz Flávio. Estou procurando a descrição de doença e nada encontro. Contudo, não li até o final.

– Pois leia, doutor, leia logo essa sentença.

– Não é sentença, Luiz Flávio – o médico se permitiu um sorriso, conquanto ainda não vislumbrasse no laudo restante sinais de alterações.

– E, então, doutor?

– Até agora, nada.

– Leu tudo?

– Na ressonância não há nada.

– Deus é pai. Então, passe ao outro, doutor. Não perca o embalo.

– É o que farei. Se acalme. Não crie expectativas.

O médico passou a ler o laudo da punção do líquor da coluna vertebral. Mais alguns segundos se passaram até ele proferir o veredicto final.

– Nada aqui também. Sua sorte parece estar mudando, Luiz Flávio. Seus exames estão normais.

– Por outro lado, nada mudou ainda, porque sem doador compatível… – tentou sublimar a esperança.

– Veremos isso agora.

O médico conferiu o resultado da procura de compatibilidade no cadastro do Redome. Depois de tantos dias provocando, mesmo sem intenção, dor e angústia, sem que pudesse fazer algo de positivo, porque nada dependia dele, apressou-se em dizer.

– Encontramos, Luiz Flávio. O jogo virou. Os ventos mudaram a direção. Estão soprando a seu favor. Encontramos um doador compatível. O Redome fisgou um peixe. Conseguimos as armas para a batalha. Agora, vamos à luta – o doutor Carlos Alberto levantou-se de sua cadeira, aproximou-se dele e o abraçou, como um pai abraça um filho. – Nos encontraremos no hospital.

Fernanda também o abraçou e chorou em seu ombro. Pela primeira vez, puderam se agarrar a um fio de esperança. Ela se apressou em transmitir para os amigos as boas novas.

Os preparativos para o transplante foram iniciados. O hospital da cidade possuía um centro de transplantes moderno. A unidade ficava isolada das demais áreas do hospital. Os quartos eram equipados com mini UTIs, capacitados até para a realização de hemodiálise, caso fosse necessário. Os pacientes eram vigiados por câmeras de segurança e atendidos por médicos hematologistas 24h por dia. A equipe especializada era formada por oncologistas clínicos, nutricionistas, fisioterapeutas, psicólogos e equipe de enfermagem. O caso fora discutido e faltavam poucos detalhes para o procedimento. O doador fora contatado e procedera à doação.

O termo de consentimento para o procedimento foi assinado. Fora informado de seus riscos. Desonerava a equipe médica de qualquer responsabilidade relacionada às complicações e até à morte. Sabia que os médicos fariam de tudo para ajudar, de modo que não demorou em assinar, mesmo porque não tinha opções. Sentiu arrepios quando passou os olhos sobre o contrato. Hemorragias potencialmente fatais, infecções intratáveis, efeitos tóxicos tardios dos medicamentos quimioterápicos, como a temida, porém já discutida, possibilidade de esterilidade. Além da sombra sinistra sempre a espreitar o moribundo: a doença do enxerto *versus* hospedeiro.

O doutor Rodrigo chefiava a equipe. Sempre informando a respeito dos passos no procedimento, os riscos de cada etapa e as chances do tratamento.

– Fernanda e Luiz Flávio, o curso do processo seguirá desta maneira a partir de agora. A fase pré-transplante consiste em aniquilar a sua medula para prepará-lo para receber a medula do doador. Esse condicionamento é realizado utilizando altas doses de quimioterapia. Precisamos destruir todas as células do seu sistema imune para receber as células do sistema imune do doador. Prepare-se para os efeitos colaterais, Luiz Flávio, como você já experimentou anteriormente.

– Tudo bem, doutor. Posso aguentar isso.

– A segunda etapa é o transplante propriamente dito. Infundiremos a medula do doador em sua corrente sanguínea através do acesso venoso e elas naturalmente se encaminharão até os seus ossos e repovoarão a medula. Começará o processo de recuperação. Aqui também alguns efeitos podem ocorrer, como náuseas, vômitos, tosse, formigamentos, alterações na pressão arterial e batimentos cardíacos acelerados. Você ficará internado por um bom tempo na unidade até que possamos pensar em sua alta.

– É só isso que terei que pagar pela minha vida? – tentou brincar com a situação.

– Ótimo, Luiz Flávio, aí vem a terceira etapa. O período pós-transplante. Conhecida como a fase de aplasia medular. Haverá queda de todos os elementos sanguíneos. Hemácias, leucócitos e plaquetas. Você ficará vulnerável. Aqui poderão ocorrer as hemorragias e as terríveis infecções que podem levar um indivíduo à morte. Talvez seja necessário transfundi-lo e faremos uso intensivo de antibióticos.

– Ele vai aguentar, doutor? – Fernanda o encarou nos olhos.

– Já disse que vou, Fernanda. Não a deixarei viúva. Prometo – respondeu antes que o médico pudesse processar a resposta.

– Espero que sim, Fernanda. Não faríamos tudo isso se não houvesse um mínimo de chance.

– E depois, doutor? – queria saber mais.

– Passamos à quarta etapa. A etapa da pega medular, quando a medula instalada consegue produzir as células do sangue em quantidade suficiente. Pelo menos 20 mil plaquetas e 500 leucócitos, por alguns dias pelo menos. E, se não acontecer a rejeição, poderá ir para casa se recuperar. Tomará cuidados rigorosos de higiene, usará corretamente os medicamentos prescritos, evitará frequentar ambientes de aglomeração e, se tudo correr bem, lentamente voltará à sua vida normal.

– Na teoria, tudo tão bonito.

– A sua vontade de viver é meio caminho para o sucesso em nossa empreitada. Pronto para começar o jogo?

– O jogo da vida. Pronto, doutor.

– E você, Fernanda? Pronta para encarar o desafio?

– Pronta. Estamos confiantes em você e em sua equipe, não é mesmo, Luiz Flávio?

Tudo conspirou favorável. Foi tratado como um rei durante o tempo em que ficou internado na bolha, como costumava dizer. Na primeira semana, submeteu-se a altas doses de quimioterapia. Bem mais altas que da primeira vez. Desta vez, não poderia restar uma única célula em seus ossos. Aguentou o período com galhardia. Aprendeu a vomitar, a entender o ritmo intestinal, suportou firme a ausência completa de saliva na boca e o cheiro podre que provinha dos dentes secos, apesar de todo o arsenal de opções para atenuar a terrível mucosite. Sete dias decorridos em que aprendeu a conduzir o barco frágil em meio ao oceano nervoso. Sabia que havia o sol por cima daquelas nuvens e que elas não o esconderiam para sempre. O astro-rei voltaria a brilhar.

Em uma quarta-feira chuvosa e sombria, sentindo-se estranhamente confiante, apesar de fraco fisicamente, após o bombardeio químico, recebeu a infusão da medula do doador em suas veias. Como se aquilo que infundiam fosse parte de seu corpo, como se submetido a uma auto-hemoterapia, o líquido que entrava parecia como a água gelada após um período de corrida no deserto escaldante. Não sentiu absolutamente nenhum para-efeito, para surpresa de toda a equipe médica.

– Essa medula era para ser sua – confidenciou Rodrigo para Luiz Flávio e Fernanda, poucos dias após o transplante.

A medula aderiu-se com perfeição ao interior dos seus ossos. O tutano da vida em pouco tempo o livrava da tempestade mortal que vivenciara todos aqueles dias. Após o período esperado de aplasia medular, em que nada de pior aconteceu, a medula aderida começou a produzir suas próprias células. Em poucos dias, mais de quinhentos novos leucócitos se apresentavam com as cabecinhas para fora da cama, assim como milhares de plaquetas já se precipitavam sobre o caldo vital do miolo ósseo.

– Deu muita sorte, hein, Luiz Flávio? – o doutor Carlos Alberto o cumprimentou em uma das visitas. – A pega foi perfeita.

– Não vejo a hora de retomar minha vida, doutor.

– Nós também, Luiz Flávio. Não aguentamos mais vê-lo aqui. Gostaríamos que fosse embora.

– Eu também, doutor, eu também. Acho que enjoei da cara de vocês – deram risadas sinceras, cada qual satisfeito com a parte que lhe cabia no processo.

Após o período de trinta dias, desde a internação, encontrava-se em condições de ter alta. O doutor Rodrigo finalizava as prescrições e as orientações que deveriam ser seguidas após a alta.

– Luiz Flávio, você foi agraciado com o que há de melhor na vida de um ser humano. Deus lhe deu uma segunda chance. O que aconteceu a você não é de forma alguma uma regra. Suportar tão bem o transplante, sem praticamente nenhum efeito colateral. Ela vai produzir as células sanguíneas saudáveis de que você tanto precisa. Como um empréstimo, mas com o tempo, você fará usucapião delas e as tomará como suas.

Luiz Flávio não se interessou pelos detalhes técnicos confusos, pois o que queria a partir daquele instante era viver a vida que lhe devolveram. Queria voltar para casa e transar com a esposa, jogar bola com os amigos, produzir para a empresa, retornar ao canto, algo que havia abandonado, e a tocar instrumentos musicais. A vida que antes vivia seria fortalecida com a consciência de que poderia tê-la perdido. Sentiu em seu sangue uma energia revigorada. Que milagre aquelas células haviam feito em seu organismo? Um milagre físico, mas também psicológico? Deixou o hospital e foi para casa. Apesar da orientação da equipe de que deveria retornar para fazer exames, coletar nova biópsia de medula e que fosse comedido nas atividades diárias, havia a certeza em seu íntimo de que nada disso seria mais necessário.

CAPÍTULO 23

Pouco tempo depois, apareceu na cela um exuberante violão de seis cordas de nylon, novinho, promessa de Alfredo, que, como ele, fazia de tudo para fugir da rotina fastidiosa da prisão. Assim que o instrumento chegou às suas mãos, Luiz Flávio tocou confortavelmente entorpecido, sob o efeito reconfortante da bebida, que, por ora, parecia brotar das paredes corroídas pela umidade perene. Os enjaulados cantavam as canções, atônitos e embriagados. Alfredo ouvia enternecido o perfeito equilíbrio entre violão e voz. Nunca vira nem ouvira tamanho talento. O rico vizinho fornecia todo tipo de bebida que Luiz Flávio quisesse, uísque, cachaça, vodca ou conhaque. O pacto com os carcereiros para não provocar arruaças na galeria nem sempre se cumpria à risca, no entanto, ninguém estava disposto a interromper o artista em plena arte.

– Você sabe, meu amigo, estar encarcerado numa pocilga como essa nos faz pensar que nada de bom jamais poderia nos surpreender. Deus nos aniquilou, nos mandando para cá purgar nossas maldades, mas eis que surge você com essa história de vida. Já li muitos livros, mas ouvir seu relato tem um quê de realidade difícil de superar.

– Tudo tão surpreendente mesmo. As coisas aconteceram como relatei, mas ainda estão acontecendo. Como a parada em meio à tempestade, uma pausa para o café. Porém, a tempestade ainda não terminou e não se sabe como terminará. No entanto, é preciso seguir em frente.

Luiz Flávio voltou a trabalhar três meses após o transplante. Foi bem recebido pelos colegas, entregaram a ele uma placa com o nome de todos, exaltando a coragem no enfrentamento da doença. O sofrimento foi reconhecido como uma heroica realização. O senhor Augusto, chefe do departamento, fez um pequeno discurso, assim como o Padre Lauro, que, por vontade própria, compareceu à empresa para o abençoar.

Agradeceu constrangido as palavras do Padre Lauro, porque em alguns momentos chegou a duvidar de que Deus pudesse ajudá-lo.

Não fazia ideia do quão importante se tornaria a música após a volta para casa. Retomou o dedilhar da guitarra como se tivesse tomado mil aulas, tal a argúcia com que as notas musicais se transportavam do cérebro para o braço do instrumento. A habilidade nas cordas da guitarra teve um acréscimo considerável, tal o virtuosismo dos dedos e a fluidez da sonoridade emitida. O poder vocal elevou-se em uma oitava, fato que percebeu com plenitude, assim que, pela primeira vez após a internação, passou da voz falada à cantada. Reuniu os companheiros para um grande ensaio. Combinou com Augusto uma apresentação. Prometeu mostrar a ele as aptidões artísticas, e a oportunidade não poderia ter se apresentado em melhor hora. O retorno à vida com um grande show da banda Réus Inocentes no chão da Rotschild, sua segunda mãe, com seus irmãos e amigos todos reunidos.

Fora alijado tanto tempo do amor carnal, que parecia um garoto virgem, antevendo a possibilidade de ter uma relação sexual pela primeira vez. O sangue estava saturado de hormônios, tal a expectativa que estava para um reencontro a sós com Fernanda.

Após tantas e tantas noites com o cérebro corroído em dores e aflições, agora apartado de lidar com a ideia da morte prematura, livre de todas as tormentas, voltava ao ponto de partida. Entretanto, no âmago, a certeza de que algo fora acrescentado ao caldeirão fervente do desejo. Mesmo com toda a tempestade química a que o submeteram, os efeitos na libido pareciam ter tomado rumos opostos. Não sabia se sucedera prejudicado na fertilidade, isso ficaria para depois, mas o impulso venéreo aumentara e quanto a isso tinha certeza.

A lembrança dos amores mornos que se tornaram as noites de sexo, nos últimos tempos, por certas tomadas pelo hábito e a decadência do romantismo, haviam se extinguido da memória. Deixou que a esposa se aproximasse, enquanto todo o seu corpo tremia. Com efeito, quando os dedos dela pela primeira vez o tocaram, a tremedeira de súbito cessou e observou no rosto dela uma beleza como nunca vira. As mãos outrora frias e rígidas, tal qual ela reclamava o toque em seu corpo quente, desta vez esfregaram ardentes e macias. O afã da consumação, princípio indelével da ansiedade masculina, que a ela muito incomodava, não havia mais indícios.

O gosto do beijo, segundo ela, tomou surpreendente sabor, como se a boca de outro homem a beijasse. O hálito, conforme ela conhecia, transmutara o paladar para algo mais licoroso, como se fosse saliva doce. A curiosidade a livrou do tédio e a aguçou em saber quais outras surpresas a aguardavam daquele outro homem, cuja atitude surpreendia. Qual milagre a volta do inferno seria capaz de provocar a um casamento, que antes caminhava a passos largos em direção ao fastio e à monotonia?

Ofereceu a ela uma taça de vinho. Mais uma prova de que outro homem se apresentou para a conjunção. Sendo assim, a tensão prévia foi esmorecendo, tal o efeito confortável da bebida, tal a curiosidade em descobrir o que agora eram capazes de fazer.

Fernanda não reclamou um segundo sequer quando o ato *per si* se consumou. As dores incômodas que eventualmente sentia, não a ouviu reclamar. Aprendeu mais sobre o ritmo, as artes do amor e com isso os eflúvios que emanavam do seu corpo eram mais encantadores e prazerosos do que os exalados do amante anterior. Algo diferente aconteceu e era atribuído ao desconhecido. Houve uma mágica naquilo. Talvez o prêmio pago pelo infortúnio fosse uma nova qualidade em tudo.

Apressou em reformar a banda. Sozinho no escritório, fechado a chave para não ser surpreendido, empunhava a guitarra e o microfone e se punha a cantar. Em alguns momentos gritava, tal a gana em acrisolar o metal bruto que se transformara. Havia uma data combinada com o seu Augusto para a apresentação da banda. O aniversário de 20 anos da Rotschild na cidade.

Mesmo que os integrantes da banda Réus Inocentes morassem em cidades diferentes, a tecnologia foi um aliado no processo dos ensaios. De suas casas, com o computador à frente, a conexão on-line em tempo real, era como se estivessem todos na mesma sala e tocando juntos. Diariamente era possível uma reunião para praticar. Desse modo, em pouco tempo, estavam com a lista pronta, com antigas e novas canções. Contudo, algo havia impressionado os companheiros logo à primeira nota emitida.

– Luiz Flávio, o que aconteceu com você? Parece ter incorporado o espírito do Freddie Mercury ou do Elvis Presley – Antônio foi o primeiro a reunir coragem e perguntar.

– Qualquer um e eu me consideraria satisfeito.

– Não é só isso, é algo mais. Você sempre foi um bom cantor, um bom músico, mas ganhou alguma qualidade a mais em seus harmônicos.

– Pode ser, mas ainda sou quem os está emitindo.

– É possível, é possível que ainda seja você – riram juntos enquanto todos os outros concordaram com a mudança no timbre e o alcance das frequências.

– Se tivéssemos dez anos a menos, poderíamos recomeçar – Marcelo, o baixista, tentou incentivar.

– Percebi que sua habilidade na guitarra melhorou muito também, mas isso é menos impressionante, porque teve tempo para estudar – Carlos Eduardo, o baterista da banda, o único que se sustentava com a música, pois se empregara em uma banda de baile, também percebeu algo soando diferente.

– Dentro de um hospital, encerrado em uma bolha? Meus amigos, deixem para lá essas suposições infundadas. Não há nada de novo aqui a não ser um Luiz Flávio cheio de energia e revigorado com a segunda chance. É isso e nada mais. E vamos ensaiar.

A festa na empresa aconteceu em sua sede campestre. O evento contou com a presença dos diretores da filial local, bem como do presidente mundial da companhia, o sr. Albert. O palco montado por uma empresa especializada em shows impressionou, tal a imponência e a altura.

Quando a banda subiu ao palco, às duas da tarde, perguntou à plateia se estavam prontos para o show. Foi uma mistura de menosprezo de muitos, com sons tímidos dos amigos mais próximos.

O público estava disperso, perambulavam aqui e acolá com seus copos de chope transbordantes, alheios à programação. Muitos dos convidados e novos funcionários sequer ouviram falar dele, muito menos da banda. Contudo, quando seus olhares se direcionaram ao palco…

Não houve quem não emitisse um "oh" de admiração. No centro do palco, ao alto, estava um verdadeiro astro do rock. Vestia uma jaqueta de couro preta com rebites espalhados nas mangas. A calça, também de couro, na mesma cor, justa ao corpo, enfunava-se para dentro de uma bota cowboy marrom de cano alto.

 Mesmo os colegas de banda, velhos amigos, se entreolharam confusos quando, aos primeiros acordes, pôs-se a exibir uma performance desconhecida. Não imaginavam que a encarnação do intérprete pudesse atingir tamanha virtuose. Seu Augusto ficou um tanto perturbado no início, pois não acreditou que seu imediato pudesse exibir insólita coragem no gestual. O senhor Albert, o presidente da companhia, cochichou seu inglês americano a um sorridente diretor, que se esmerava na compreensão e por certo sofria em dar respostas na mesma língua. Com efeito, quando começou a desenvolver a pleno sua arte, os cochichos e os sorrisos da plateia aos poucos cessaram. Havia abandonado o cárcere mental e aproveitava a segunda chance da vida para ser quem realmente queria ser. As canções pareciam ser executadas pelo artista original e acrescidas com a energia que comovia a todos. A massa agora sabia quem era o homem no palco, e, sendo assim, compreendiam sua atitude. As informações foram passadas de um a um como em um telefone sem fio. "Esse cara quase morreu"; "ele voltou do mundo dos mortos"; "venceu uma doença fatal"; "é engenheiro da empresa"; "poderia ser qualquer um de nós".

Muitos se puseram a cantar e a dançar, outros ficaram estacados em frente ao palco admirando a performance vocal e o virtuosismo do quarteto. O evento terminava em completo êxito. O senhor Albert surgiu cambaleante, empurrando quem estivesse à sua frente, tentando manter-se equilibrado e, como um fã qualquer, falou para quem quisesse ouvir, em um inglês arrastado sob o peso de dezenas de copos de chopp.

– You are the best.

Certo dia, Fernanda chegou em casa com um comunicado a fazer. A solenidade das palavras assustou Luiz Flávio. Ele a assediava diariamente para que fizessem amor, porém percebia que para ela aquilo já estava demais. O que poderia fazer? Tomou o corpo dela em compulsão. Um choque percorreu a coluna, partindo da primeira vértebra cervical até morrer no osso da bacia, local indelével da sua fragilidade física. Preocupou-se por um instante, que tal decepção pudesse reativar a doença maligna.

– Estou esperando um filho seu – disse assim, de supetão.

– Você disse, filho, Fernanda? Você está esperando um filho meu? – transmutou de um estado torporoso e amedrontado para um espírito aliviado e sorridente.

– O que você esperava, Luiz Flávio?

Em seus estertores de morte, porquanto não visualizasse luzes no fim do túnel, o que mais o angustiava e penalizava em virtude da possibilidade da passagem precoce, era não deixar ninguém em seu lugar. Não poder gerar um descendente, contribuir com seus genes para a propagação da própria espécie e de si mesmo, como se viesse a este mundo e sua presença jamais tivesse sido notada. Esse vazio estava prestes a ser preenchido. Os seus genes, a sua unidade fundamental, a sua história, saltando livre e desimpedida para outra pessoa. A espiral de vida replicada de seu ser a outro, infindável em sucessões, avançando em direção à eternidade. Afinal, não se tornara estéril. E, assim, poderia descansar o coração, sossegar, encontrar a paz na consciência. Sua missão, de caráter único e irrepetível, e seu dever, estariam concluídos. Mais uma vez, Deus ou qual força o protegia, proporcionava a realização do desejo.

Alguns dias depois, assumiu o cargo de gerente de produção. Tornou-se responsável por um setor que empregava mais de mil funcionários, os quais a ele se reportariam. O senhor Augusto entregou-lhe a chave da sala e o cumprimentou com um caloroso aperto de mão e um forte abraço.

— Parabéns, Luiz Flávio. Estamos orgulhosos de você. Por méritos seus, chegou até aqui.

— Espero fazer justiça à sua confiança. E não os decepcionar nem um só dia, por tudo o que fizeram a mim esse tempo todo.

Foi-lhes oferecido um majestoso casarão, ao estilo americano, no bairro das mansões. Edificado pela empresa para os seus diretores e principais dirigentes, amplo, com mais de quatro quartos e seiscentos metros de área construída.

A barriga de Fernanda crescia a olhos vistos. Em um passeio pela cidade, entre as alamedas do bairro, num sábado pela manhã, para compras do enxoval do bebê, Fernanda avistou, na vitrine de um pet shop, um pequeno cão que tremulava uma singular língua azulada. O cãozinho possuía uma pelagem vermelha e abundante, o que conferia a ele um aspecto fofo de um ursinho de pelúcia.

— Lembra que o doutor Carlos Alberto comentou que poderíamos comprar um cachorro, se não pudéssemos ter filhos?

— Isso se eu tivesse ficado estéril.

— Eu sei, mas e se mesmo assim atendêssemos ao seu pedido? Olha que fofo esse bichinho.

— Mas um chow-chow?

— O que tem de errado com essa raça?

— Que eu saiba, nada. Dizem que não são muito sociais, nem extrovertidos, mas podem ser devotados à família e às crianças, se forem bem treinados.

— Uma casa grande como a nossa precisa de um guardião. Além do mais, poderá ser um amigo para o nosso filho. Qual nome daremos a ele?

— Ao cão ou ao nosso filho?

– Ora, Luiz Flávio, ao nosso filho. Já estou de sete meses e logo dará a carinha por aqui.

– Que tal Bruno?

– Eu gosto. Mas por que Bruno? Sabe o que significa?

– Não. Só achei sonoro.

– Esqueci que você é músico. Pois bem, Bruno. Depois, vamos pesquisar o significado.

– E quanto ao cachorro?

– Vamos levá-lo. Eu darei um nome para ele.

Fernanda sentiu as dores do parto na tarde de uma ensolarada quarta-feira, em meados de março. Acompanhou o nascimento do filho à cabeceira do leito na enfermaria obstétrica. O garoto, que pesava três quilos e duzentos gramas, chorou forte assim que o cordão que o ligava à mãe foi cortado. O menino nasceu com uma farta cabeleira negra e olhos escuros e atentos para um recém-nascido.

– Parece mais com a sua mãe – comentou Fernanda um tempo depois.

– Pois é. Uma coisa é certa: não será loiro e nem terá olhos azuis – sorriu para ela.

– Coisas da genética, não é mesmo? Tudo tão aleatório…

Bruninho cresceu rapidamente, assim como o chow-chow fulvo, nominado Big King, por Fernanda. O menino se afeiçoou ao animal desde o princípio, pois mesmo tendo a liberdade de percorrer todos os cômodos, vinha postar-se ao pé do berço e ali ficava horas e horas a tremular a singular língua azul. Tal efeito fazia o menino reconhecer a figura ao seu lado como algo peculiar e curioso. Com efeito, a partir de um ano de idade, Bruninho pôs-se de pé e pôde enfim caminhar ao encontro do animal e perceber a maciez de seu pelo. Luiz Flávio entendia a sinergia e assim que voltava do trabalho, punha-se a levá-los a passear nas imediações do bairro. Indescritível a alegria, quando enfim libertos da rotina da casa, podiam juntos apreciar as novidades que o mundo novo lhes possibilitava. Correr por entre as calçadas, deitar e rolar agarrado um ao outro na grama cortada e limpa dos jardins abertos das casas da vizinhança. Quando o primeiro triciclo lhe foi presenteado e

Bruninho descobriu os prazeres do vento acariciar-lhe o rosto. Big King era o companheiro incansável para onde quer que a energia o levasse.

Bruninho completou quatro anos em uma sexta-feira. Luiz Flávio foi liberado pela chefia para organizar a festa de aniversário, não sem antes assinar uns papéis na empresa pela manhã e coletar alguns exames (na época nem imaginava para quê).

A festa dos quatro anos do Bruninho era um retrato do momento e da felicidade pela qual passavam.

– Deus, enfim, foi generoso, hein, Luiz Flávio? Uma família linda, seu filho saudável, um cargo importante na empresa, um bom salário... – seu Augusto, uma espécie de mentor, disse na ocasião.

Enquanto tocava e cantava umas canções no seu violão para o pequeno grupo de amigos, o menino atravessou, como um raio, seu campo de visão. Pedalava sua bicicletinha empregando energia para vencer a íngreme subida do jardim e chegar enfim à calçada, onde a pedalada seria menos forçosa e, por conseguinte, mais rápida. Ele virou a curva da esquina e sumiu na noite enluarada. Atrás dele, o fiel guardião corria esbaforido, resfolegando a singular língua azul.

Luiz Flávio comovia-se à compleição do amigo enquanto este ouvia o relato ao final e se perguntava o que mais aquela figura inteligente, culta e esperta poderia fazer para livrá-lo das agruras a que se submetera. De certo modo, sentia-se grato por ter conhecido singular pessoa que, de forma inconsciente, injetava ânimo na alma. Quer sendo um ouvido disposto a ouvir, quer por conta da influência e do conhecimento do submundo do presídio e, por esse motivo, poderes para abreviar suplícios e demandas mais elaboradas que surgissem. No entanto, por estar preso, deveria ter lá também suas falhas e o caráter de um detento nunca seria plenamente confiável. O quanto de segredo um criminoso pode aguentar? Luiz Flávio remoía os sentimentos dúbios que lhe iam ao espírito.

CAPÍTULO 24

Andreia avistou ao longe a casa estilo americano onde Fernanda e Luiz Flávio moraram nos últimos quatro anos. O casarão a impressionou assim que percebeu quão majestosa era a fachada frontal com seus enormes janelões e a varanda ampla com espaço para uma pequena festa. A casa fora construída no modo *steel frame*, divisórias de drywall e pé direito alto. Encontrou, porém, a casa bagunçada, muitas caixas de papelão sendo empacotadas e alguns móveis embalados para transporte. Fernanda, cansada, no meio do caos. Bruninho brincava junto ao Big King nos arredores da casa sem muros, enquanto a esposa de Luiz Flávio mantinha-se atarefada em embrulhar. Estranhou a presença da advogada, que não havia marcado hora.

— Você por aqui? — perguntou um tanto desconfiada.

— Preciso falar com você sobre Luiz Flávio.

— O que aconteceu? Por acaso sofreu outro atentado na prisão? — procurou traços de aflição na advogada que, no entanto, mantinha-se serena.

– Não, mas dispensou o outro advogado.

– Como assim? Fiz enormes esforços na contratação do doutor Alexandre.

– É de fato um advogado experiente, no entanto, não houve acordo entre eles.

– E agora, quem fará sua defesa?

– Vim lhe comunicar, entre outras coisas, que sou a nova defensora de Luiz Flávio. Foi um desejo dele.

– O que há entre vocês? Há algo mais que eu deva saber?

– Por favor, não. Meu time é outro – riu Andreia do absurdo da sugestão.

– Não me surpreenderia se ele lhe tivesse proposto.

– Como assim? O que você insinua?

– Luiz Flávio voltou diferente do transplante. Seu apetite sexual mudou. Tornou-se um viciado em sexo.

– Viciado em sexo?

– Talvez seja um termo forte demais, mas não se comportava dessa maneira antes. Era mais pacato. E aí, tudo nele mudou. Seu tesão ultimamente estava incontrolável. Não duvido de nada do que um homem nesse estado pode fazer.

– Você acha que ele poderia ter matado aquela mulher? – Andreia perguntou um tanto temerosa da resposta.

– Conhecia um Luiz Flávio no passado e agora não sei quem é esse outro. Acho uma loucura tudo isso. Não quero cometer injustiças, nem com ele, nem com ninguém.

– O que você quer dizer com isso?

– Atribui essa mudança à nova chance que recebeu. Estava às portas da morte. Foi salvo pelo transplante.

– Você tem alguma informação que possa ajudá-lo, alguma pista, algo inusitado, diferente, que possa ter escapado de sua percepção?

– Isso tudo que está acontecendo é uma surpresa para mim. E você se acha preparada para defendê-lo?

– Não sei, também estou confusa. Não há muitas pessoas me desejando sorte nessa empreitada. Espero não ter feito uma besteira ao aceitar esse caso. Por enquanto, não tenho nada.

– Se eu lembrar de alguma coisa, ligo para você.

– Obrigada. Para onde você vai?

– Ainda não sei. Mas quero deixar tudo pronto para quando a hora chegar.

E voltou a embrulhar o passado.

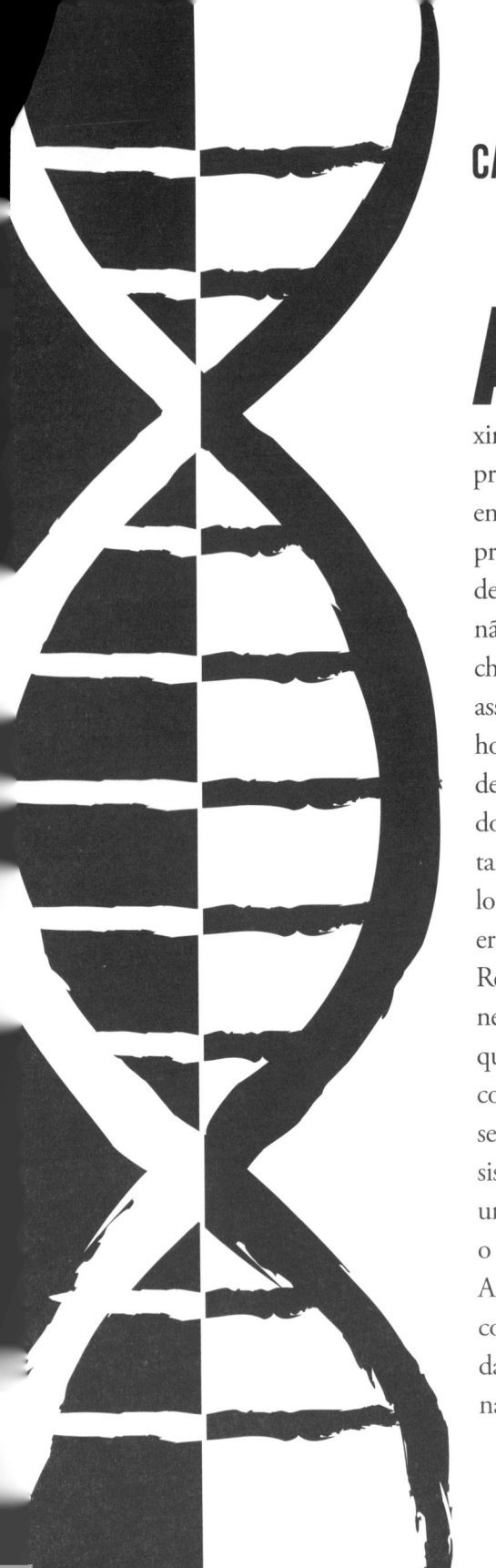

CAPÍTULO 25

Andreia confabulava as estratégias que adotaria para a defesa de Luiz Flávio. Aproveitou para inteirá-lo das próximas etapas do pleito. Informou-o que a primeira fase do processo criminal consistia em o magistrado anunciar a sentença de pronúncia. A partir dos dados coletados, decidiria se o caso iria a júri popular ou não. Provavelmente, Luiz Flávio seria chamado à sua presença para depoimento, assim como as testemunhas de defesa, se houvesse alguma e, claro, as testemunhas de acusação. Reiterou a ele que na cena do crime não foram encontradas digitais, tampouco pelos pubianos ou fios de cabelo além dos da própria vítima. As provas eram robustas contra ele, no entanto. Restava-lhe ao menos o álibi da ida ao cinema. Luiz Flávio relatou à sua defensora, quase em súplicas, que não fazia ideia de como poderia ter acontecido e atribuía o seu infortúnio a algum erro, um *bug* do sistema dos computadores da perícia, e em uma espécie de sorteio funesto e aleatório o teriam jogado no meio do cataclismo. Andreia repetiu que esse argumento não convenceria o juiz ou os jurados na segunda fase do processo. O achado das câmeras na entrada do cinema poderia ajudar e era o fio de esperança ao qual ela se agarrava com unhas e dentes. Já havia feito, inclusive, o pedido de intimação da rede para a apresentação das imagens.

O diretor do presídio chamou Luiz Flávio novamente em seu gabinete. Os alcaguetas infiltrados nas facções, a serviço dos carcereiros, informaram que o bando principal no comando da cadeia, do qual o irmão de Lia Francine fazia parte, estava disposto a terminar o serviço que haviam começado. Concluiu ainda que Luiz Flávio fora julgado pelas leis dos criminosos. Fora sentenciado à morte, o crime contra um familiar de um dos líderes da irmandade não poderia ficar impune. Olho por olho, dente por dente era o lema. O chefe do presídio lhe disse que aguentaria por mais um tempo a sua segurança, mas precisava de mais dinheiro, pois necessitava molhar a mão de alguns líderes para segurarem, pelo menos, até o julgamento. Depois disso, arrematou, não garantiria a segurança de ninguém e talvez o ideal é que fosse transferido para outro presídio.

– Se um criminoso decide que vai matar, ele vai matar – disse secamente o diretor.

– Como vou conseguir mais dinheiro, chefia? Fui um trabalhador, não um milionário.

– Não sei como vai conseguir, e não é do meu interesse. Procure entre seus parentes alguém disposto a pagar. É sua vida que está em jogo.

O apelo do diretor e as ameaças à sua vida reavivaram a insegurança. Comentou a contenda com sua defensora, como uma espécie de desabafo, e depois suplicou à Fernanda para que conseguisse mais dinheiro. Que não demorasse desta vez, pois, diferente da justiça do Estado, a justiça da cadeia era célere e eficiente.

A preocupação com sua integridade foi compartilhada com o irmão de carceragem, que se mostrou preocupado.

– Luiz Flávio, essa gente não brinca em serviço. Não regateie, arrume o dinheiro.

Chegara o dia do juiz proferir a sentença de pronúncia. O magistrado avaliaria as informações, provas e argumentações fornecidas pela defesa e pela promotoria e, baseado nisso, decidiria se o caso iria a júri popular ou não. Andreia não solicitou adiamento da audiência, considerava os exames constantes nos autos suficientes para a sua estratégia. Ela sabia o que a acusação tinha contra seu cliente. Sabia também que, sem fatos novos, seu cliente seria condenado e trancafiado no xadrez e à mercê de seus inimigos. Não havia testemunha ocular. Ninguém o viu praticar o crime, ninguém o viu abordar a vítima em algum ponto da estrada e ninguém viu a vítima entrando forçada ou voluntariamente em seu carro. Nenhuma evidência fora encontrada no interior do veículo. Toda a acusação se baseava nos testes genéticos encontrados na cena do crime. Além disso, ela já sabia quem seria o juiz designado ao caso. Considerava mais um fator negativo às pretensões de Luiz Flávio. O togado era um linha dura no que se referia a crimes sexuais. Costumava aplicar a pena máxima aos criminosos e não se preocupava com o depois deles na cadeia. Se fossem estuprados conforme suas vítimas o foram, ou se morressem no ambiente da prisão, melhor, mais uma vaga que se abriria na estrutura. Entretanto, não era injusto. Se sobrasse uma dúvida acerca da culpabilidade do acusado, ele não o poria no sistema. *In dubio pro reo*, o antigo adágio da justiça, com ele, era praticado ao pé da letra. Não se comprazia em mandar um inocente para a cadeia apenas para satisfazer a sociedade de que mais um crime fora solucionado ou para aumentar a sua própria estatística e, com isso, projetar aspirações políticas ou cargos mais altos nas esferas da justiça.

 A quarta-feira amanheceu cinza e uma pequena quantidade de chuviscos molhava as calçadas, sem formar poças. A brisa úmida e gelada soprava indolente e lembrava que estavam às fímbrias do inverno. Luiz Flávio vestiu uma roupa formal, um terno preto um tanto apertado nos ombros, que fora usado pela última vez em um dos eventos da empresa e comprado por Fernanda em uma liquidação no shopping. O tufo de cabelos loiros no topo da cabeça, como ilha isolada no meio do oceano do crânio escalvado, era mantido com rigor pelos cortadores de cabelo da prisão. Restaram ainda dois olhos azuis apagados.

 O juiz os aguardava sentado na sala de audiências no prédio do fórum da cidade. Era a vez da defesa apresentar as argumentações e provas que poderiam levar à desqualificação do crime doloso contra a vida ou à absolvição sumária, qualificar o réu como inocente. A promotoria, por sua vez, iria expor com rigor o que ajuntara para designar o réu como culpado. Como magistrado aplicado e experimentado em seu ofício, conhecia por leitura todo o calhamaço de prontuários que consistia na acusação. Luiz Flávio observou em cima da escrivaninha cinco ou seis volumes empilhados e abarrotados de documentos. *Tudo isso contra mim*, pensou.

Passou de relance os olhos pelo mobiliário da sala de audiências, como costume que aprendera nos últimos tempos. Ambientes sempre inóspitos e propensos a lhe dificultar a vida. A sala ampla era decorada de modo tradicional. A escrivaninha de madeira de mogno africano, integrada à cadeira com espaldares de madeira trabalhada, também em mogno, estofadas em couro na cor marrom, um degrau acima da mesa em que se sentavam as partes, comprida. Duas cadeiras simples, em couro e na mesma cor, sem nenhum arranhão, para sentarem os acusados e seus defensores. Luiz Flávio estranhou a ausência de fotografia de familiares a adornar a espaçosa escrivaninha. Atrás do magistrado, uma estante ocupava a parede inteira, cheia de livros em capa dura, muito desbotados e envelhecidos, mas que emanavam para o público uma aura de imenso saber jurídico. A imaginação de quem ali estivesse sentado poderia fazer supor que o magistrado os tivesse lido todos. Em outra parede, mais ao lado, uma tela com a pintura de um senhor de feições pomposas e que vestia uma grande peruca loura, à moda europeia dos séculos passados; indumentária que juízes e advogados passaram a usar por um tempo em suas audiências.

A autoridade à sua frente exibia um ar de austeridade ameaçadora. Não havia como um acusado não sentir medo em ter seu destino nas mãos de tal figura. A face envelhecida, bochechas descarnadas, ossos pontudos na silhueta, cabelos grisalhos e rugas a lhe sulcar a testa. Olhos miúdos e frios. Não vestia a toga tradicional, pois era apenas a sentença de pronúncia, mas um terno cinza antigo, puído, o que denotava o desinteresse pelos holofotes fashionistas. Demonstrava, mesmo assim, um olhar vívido pela questão que fora imbuído em julgar.

Luiz Flávio e sua defensora ocuparam as cadeiras à frente da escrivaninha talhada. Não lhe foi dito o nome do julgador nem solicitado que o acusado dissesse o seu, muito menos dado a este o direito de cumprimentá-lo com um aperto de mão. As feições rígidas e impassíveis do eminente assim permaneceram como se fora coberto por máscaras, o som de sua boca saía sem que o interlocutor percebesse movimentos dos lábios. Como um ventríloquo.

– E, então, doutor promotor, o que temos aqui? – o excelentíssimo detinha em suas mãos os resultados dos últimos exames em um envelope recém-enviado pelo laboratório.

– O senhor tem em mãos a contraprova, ou seja, os novos exames sanguíneos e genéticos, dos quais já sabemos o resultado e, creio, o laudo da análise do GPS do celular do acusado recolhido aos autos do processo.

– Como eu não tive conhecimento sobre isso? – insurgiu-se Andreia.

– Acabaram de chegar, doutora. Não houve nenhum artifício aqui. Neste caso, jamais seria necessário.

– Eu deveria ter acesso antes para preparar a defesa. Há uma clara violação ao princípio do contraditório e da ampla defesa.

– Eu vou aceitar a juntada dos documentos, doutora. Caso não concorde, sinta-se à vontade para recorrer da decisão – o juiz elevou os olhos da carta, mirando por cima dos óculos, estacionados no meio do dorso do nariz, em direção ao acusado e à advogada, curioso em observar as feições dos interlocutores antes da leitura final. – Ótimo – e repousou seu olhar sobre os exames novamente.

O envelope lacrado com cola em toda a sua extensão prolongou o tempo que o juiz levou para libertar o conteúdo. Alguns segundos a mais e o coração do denunciado iria escapulir voando da caixa torácica. Mais alguns minutos em completo silêncio até o magistrado ler e reler o teor. A expressão continuava impassível, como se não tivesse removido a máscara; a máscara bolorenta de um cadáver.

Enfim, satisfeito, o juiz deitou o envelope na escrivaninha, apertou os olhos com os dedos em pinça e então encarou Luiz Flávio.

Foi a deixa para o promotor continuar:

– O GPS aponta que o seu cliente, doutora Andreia, esteve próximo ao local do crime, exatamente no período em que ocorreu o assassinato. Ele nunca passou perto do cinema, inclusive. Aliás, após a intimação, a rede de cinemas respondeu por ofício que o ingresso foi de fato comprado, mas nunca utilizado. Sem falar na compatibilidade do material genético dele com o encontrado na cena do crime – e sacudiu vigorosamente os papéis com os resultados dos exames – a contraprova do exame de saliva lhe entrega. Afirmam que é o mesmo material genético encontrado na cena do crime.

Luiz Flávio assustou-se. Em um reflexo, olhou para Andreia, sentada ao seu lado. Ela havia recebido o laudo e o ofício em mãos. O rosto estupefato, como surpresa de morte, os olhos vidrados, nenhuma contração no rosto. Estremeceu na cadeira e gaguejou.

– Nunca fiz mal a ninguém, não sei por que os exames insistem em me acusar – a energia da negação reverberou nas paredes do gabinete, até fatigar-se e sumir no vazio do silêncio que se seguiu.

A decisão de pronúncia não demorou cinco minutos para ficar pronta. Já devia estar minutada previamente. O excelentíssimo juiz ergueu-se de sua cadeira com certa rispidez e abriu-lhes as portas da sala para que saíssem. No átrio, com as algemas apertadas ao redor dos punhos, foi recebido por dois agentes armados.

– Você mentiu para mim, Luiz Flávio. Não foi ao cinema coisa nenhuma – afirmou veementemente Andreia para o seu cliente assim que chegaram no átrio do salão, referindo-se ao caminho apontado pelo GPS.

– Eu posso explicar – suplicou.

– Explicar o quê? Que premeditou um álibi falso? Não quero ouvir mais nada. Muitas pessoas me alertaram da burrada que eu estava fazendo. Vou ser motivo de chacota por toda a cidade. Quem confiará em mim agora que fui ludibriada por um malandro?

– Por favor, Andreia. Existe um motivo.

– Vou abandonar a sua defesa. Enquanto houver tempo de salvar pelo menos minha carreira. Entregarei seu caso para a defensoria. Eles que se virem para lhe arrumar um defensor.

Voltou da audiência derrotado. Que os corvos tratassem de eliminar seus despojos. Sua morte estava encomendada e ele intuía que seus algozes só aguardavam o momento certo para encurralá-lo e assassiná-lo; a facadas, como o costume na prisão. Trataria de sofrer em silêncio as estocadas da agonia da expectativa. O próprio diretor da prisão o avisou. Posso garantir sua sobrevivência até o julgamento, depois não sei de mais nada. Claro que ele não aguentaria pagar proteção individual pelo resto da vida. Estava preso, como faria para gerar renda e pagar suas dívidas? Se aliaria a outra facção para tomar parte em algo ilícito e, com isso, obter proteção? Quem o defenderia a partir deste momento?

A bebida mais uma vez, assim como a compreensão do outro enjeitado, tornava suportável viver aqueles dias. Bebia até encontrar o torpor, e, com a torpeza, evanescia a angústia que a mente lúcida assegurava. O excesso, no entanto, no sono, permitia mergulhar no obscuro porão onde se dormiam as emoções e repousava a memória. Penetrar nesse enevoado ambiente possibilitava o disparo de imagens recorrentes, emitidas em flashes aleatórios.

As mãos ao redor do pescoço, o descontrole da energia aplicada nos dedos, o suor brotando do rosto injetado de sangue; em meio ao movimento das sombras, espectadores riem risos abafados. A vítima, em agonia, cabelos alvoroçados e olhos esbugalhados, debatia-se, puxava o ar pelas narinas e abria a boca, o peito arfava. A ânsia, o desejo incontrolável, a força descomunal nos punhos, culminam, enfim, para o corpo inerte embaixo do seu, o ponto em que não há mais retorno. Enquanto o corpo sem vida de Francine desiste do ar, a sua respiração acelera em incessante agonia. O incômodo na alma, por fim, o despertou, fatigado, como se não houvesse dormido um segundo sequer, a expressão de horror e confusão. Alfredo parecia ter adivinhado, perguntou se havia sonhado com a vítima. Luiz Flávio se calou. A não resposta pareceu uma confissão. A essa altura, contudo, mesmo sob a rubrica de assassino, nada mudaria na amizade entre eles.

A música, porém, de alguma forma aliviava seu abatimento, podia por horas chorar o seu violão e a sua boca emitir tristes, porém harmoniosas melodias. O repertório aumentava a cada dia. Tinha uma lista pronta para um show para além de duas horas. Em um momento de lucidez e de dor, lembrou de seus companheiros de banda. Como ele estava afiado e afinado agora. As longas horas que dispunha e se propunha a estudar, tornaram-no um músico profissional. Deixara definitivamente de ser engenheiro para tornar-se músico em tempo integral. Entendeu, enfim, que sua natureza era tocar e cantar e não fazer cálculos, cumprir horários e receber ordens.

De certo modo, até se sentia feliz por compreender finalmente a sua missão no mundo. Encontrou o sentido para a vida, mesmo que a sua estivesse se encaminhando para um fim. Quando a realidade lhe fugia e penetrava no mundo dos sonhos, mais nítido ficava aquilo que queria se tornar. Era um músico e, se nos céus lhe fosse possível, continuaria a tocar e a cantar melodias para os anjos nas alturas.

A audiência no plenário do tribunal do júri se aproxima. Luiz Flávio ficaria exposto diante do corpo de jurados. Cidadãos exemplares escolhidos a dedo pela promotoria e defesa. Cidadãos exemplares, como ele um dia fora. Comporiam o time de julgadores que, ao final das exposições de ambas as partes, considerariam-no inocente ou culpado. Ao fim, o juiz, ainda mascarado de baluarte da justiça, decidiria quantos anos permaneceria encarcerado. No entanto, quem faria a sua defesa?

O calor de meados de fevereiro tornava insuportável a vida na carceragem durante o dia. Não havia vento para amenizar a sauna que se transformava o pavilhão. As gotas de suor desciam feito cachoeira de seu rosto, até formar um lago plácido na altura do umbigo. Com um estalo de dedos, irrompia ao longe o suor ali acumulado. Andavam quase nus e os humores não podiam ser arrefecidos por uma simples lufada de vento. O calor fervilhava o cérebro dos ocupantes do inferno. A água que bebiam vinha das torneiras das pias de plástico amolecidas pelo calor. A noite ainda amenizava um pouco o ardor se comparado às brasas do dia. Contudo, a noite também trazia a companhia de milhares de pernilongos sibilantes e agressivos que se compraziam em alimentar-se do sangue dos enjeitados. Parecia que até os mosquitos entendiam o sem valor que eram como homens e assim podiam locupletar-se em um banquete. Como não havia repelentes, ventiladores que os pudesse afastar, ou mesmo luz artificial para visualizar e combater, os pequenos desordeiros deixavam impossível para os homens suportar a ira que tal fuzilaria aérea incitava na alma e os impedia de dormir. No entanto, que direito tinham de dormir ou descansar? Eram criminosos e criminosos precisavam sofrer.

CAPÍTULO 26

Fernanda levou Bruninho para visitar Luiz Flávio na cadeia. Aguardavam na sala de visitas. O menino distraía-se com um celular e ela vestia roupas discretas. Trazia na mão um envelope branco. O sorriso parecia estar iluminado. Irradiava uma felicidade que Luiz Flávio não compreendeu. Em meio ao desalento que vivia, a felicidade da esposa pareceu fora de propósito. Contudo, foi assim que se apresentou, ela o encarou firme e decidida em seus olhos. O filho, quando o viu, despertado do espasmo e da distração, correu ao seu encontro à procura de um abraço. Trocaram palavras afetuosas e carinhos e assim permaneceram por certo tempo. Então, Bruninho voltou-se ao celular e ali ficou até o final da visita. Fernanda, por sua vez, sacou da bolsa, com discrição, um maço de notas que ele procurou ocultar da atenção dos guardas. Sentaram-se um ao lado do outro com evidentes assimetrias de semblantes. Ela irradiava felicidade e ele era pura prostração.

— Arrumei um emprego.

— Que excelente notícia, Fernanda. Fico feliz por você, por nós, agora que fui demitido.

– Precisamos desse dinheiro. Uma parte do que eu acabei de te entregar vem de um adiantamento que solicitei ao meu chefe.

– Obrigado. E, então, do que se trata a ocupação?

– Trabalho como secretária.

– Está se arranjando? Nunca executou esse tipo de função. Pensei que fosse lecionar.

– Foi a maneira mais fácil de conseguir emprego. Lecionar exigiria um período de atualização. Perderia muito tempo. Mas lá são todos muito compreensivos. Preciso atender ao telefone e fazer alguns apontamentos.

– Onde é o seu serviço?

– Em um consultório médico. Um prédio de clínicas que inaugurou no centro há poucos dias. Passei pela frente e havia um anúncio com vagas para recepcionista. Parei para ver e me inscrevi. Em poucos dias me chamaram para uma entrevista. Foi uma grande surpresa. Tudo aconteceu tão rápido.

– Fico feliz, Fernanda.

– E você?

– Tive sorte. Tenho um companheiro de cela muito inteligente. Conversamos sobre diversos assuntos. Porém, preciso te contar uma coisa. Andreia me abandonou. Disse que não fará mais minha defesa.

– Nossa, Luiz Flávio. Que notícia terrível! Por quê? Qual o motivo?

– Acho que ela também não acredita mais em mim.

– Não posso culpá-la. Quem fará sua defesa agora? – perguntou desconfiada.

– Provavelmente alguém da defensoria deverá entrar em contato em poucos dias. Vou aguardar – falou com falso desdém.

– Sinto muito, Luiz Flávio. Verei o que posso fazer para te ajudar. Talvez procurar outro advogado.

– Está bem. Agradeço. E Bruninho? – apontou para o filho, a cabeça baixa, absorto num jogo que emitia um ruído estranho e irritante.

– Vai bem, sempre pergunta por você, se mostra preocupado quanto à sua ausência. Ele e Big King voltaram a explorar a vizinhança. Parece que são um só.

– Verdade? Sozinhos? E você deixa?

— Estou sempre junto. Não se preocupe. Eu os vigio – a lembrança rememorou a ela o real motivo da visita. Bateu com o envelope branco na outra mão, pensativa.

— Luiz Flávio, agora tenho um outro assunto para tratar com você.

— Fernanda, fale logo…

— Leia – entregou a ele o envelope branco.

Ele leu e releu o conteúdo do envelope, duas, três vezes, sem tirar os olhos da carta. O semblante transmutou-se de um cinza pálido para cúmulo-nimbo.

— Mas… isso é um pedido de divórcio! – vociferou, boquiaberto. – Por quê?

— Sério? Você me pergunta por quê? – e girou a cabeça para lhe mostrar o entorno.

— Você não pode fazer isso comigo.

— Eu? Olha o que você fez à sua família! Você nos destruiu!

— Eu sou inocente!

— Eu fiz muito, trouxe seu filho para visita, quase fui amarrada em casa por meus amigos, para que não viesse. Por que levar seu filho para se aproximar de um pai assassino? Ele que não faça parte da vida do menino, disseram. Tirei de onde tinha e de onde não tinha para te entregar esse maldito dinheiro. O que mais você quer de mim? Olha para mim, vamos, o que mais você quer de mim?

— Eu quero que você acredite na minha inocência.

— Luiz Flávio, a gente já passou dessa fase, eu não aguento mais isso. Estou completamente exaurida. Por favor, só assina, eu prometo que volto com seu filho e com mais dinheiro.

— Você quer pagar pela minha assinatura, é isso? Chantagem?

— Como consegue ser tão babaca? – uma mão bateu levemente na mesa, a outra foi esconder o choro no rosto. – Você deve achar que foi fácil para mim.

Os dois ficaram em silêncio, dando tempo para as lágrimas escorrerem.

— Quem é ele?

— Do que você está falando?

— O homem que está com você. Quem é ele?

– Pare com isso, Luiz Flávio – o choro desceu mais forte.

Luiz Flávio encostou a parte de trás da cabeça na parede, derrotado.

– Tudo bem, eu já entendi, ninguém te conhece melhor do que eu. Mesmo na hora do divórcio, ainda serei o seu marido – Luiz Flávio pegou o papel e assinou, devolveu à, agora, ex-esposa.

A delicadeza do gesto só piorou a dor. Talvez Fernanda esperasse que ele gritasse, batesse. Mas ele a abraçou.

– Ele trata bem o Bruninho? Estão se conectando?

– Estão sim... – e deitou a cabeça no ombro dele.

– Que bom.

– Eles já se conhecem.

– Eu o conheço? Duvido que algum dos meus amigos pudesse fazer isso comigo.

– Você ainda confia em seus amigos? – ela perguntou, incrédula.

– Eles é quem não devem confiar mais em mim – a resposta carregada de ressentimento não expressava a verdade, e ele sabia.

– Você deve muito a ele.

– Devo?

– É o doutor Rodrigo.

– O doutor Rodrigo? Então, vocês...

– Não é verdade. Aconteceu depois. O emprego é verdadeiro. A vaga de secretária surgiu em seu novo consultório.

Luiz Flávio entendia que não seria difícil acontecer. Fernanda era bonita, inteligente. Qualquer homem poderia interessar-se por ela. Na visão da esposa, o médico deveria ser o cavaleiro solitário que enfrentaria a morte com sua lança. Entretanto, era difícil engolir a ironia. O clínico que lhe devolveu a vida, tirou-lhe a esposa. Que belo preço a pagar pelos serviços prestados. Tirou-me de um pesadelo para jogar-me em outro.

– Tenho vontade de rasgar esse papel que acabei de assinar – fechou a mão com força, a imagem da vítima morta veio em sua mente – e fazer da sua vida um...

– Não estraga – Fernanda o interrompeu – estávamos indo tão bem, por favor, não faça mais isso com a gente.

– Então me abandona e me troca quando mais preciso?

– Não te abandonei. Ainda virei visitá-lo, como eu disse. Temos o nosso filho. Esse maravilhoso elo que nunca vamos perder.

Fernanda recolheu seus pertences, pegou Bruninho pelo braço, que ensaiou um aceno rápido com o telefone ainda na mão, e se dirigiu porta afora. Indiferente aos efeitos devastadores do seu arbítrio, não olhou para trás para ver a sua vítima em agonia. Até os guardas perceberam o que acabara de acontecer e não o molestaram na volta à carceragem.

Luiz Flávio voltou meditativo à sua cela. A visita de Fernanda havia extinguido seu fulgor vital, jogando-o em um sorvedouro habitado apenas pelos próprios demônios. O seu grande amor o abandonou. O que de pior poderia lhe acontecer? Uma ideia insinuou-se na sua mente. Se desistir não fosse melhor que lutar, pelo menos acabaria com todo aquele sofrimento. Justamente ele que lutara tanto para sobreviver. Contudo, ainda queria arrancar da alma aquele desespero e sentir um pouco de alegria. A lembrança de Bruninho correndo alegre junto a Big King, como um clarão no horizonte, em um lampejo, iluminou o seu cérebro.

CAPÍTULO 27

A xícara de café esfriava na bancada ao lado do sofá. No canto, junto à parede, o potinho para a comida dos gatos precisava ser reposto. Sentada no sofá, de pantufas rosa com pompons macios e fofinhos na parte superior, Andreia olhava para o nada. Durante dias, ficara em casa, não se animava a sair, não queria dar explicações, nem se justificar, muito menos ser motivo de pena ou reprovação. O ambiente silencioso foi interrompido pelo toque do celular.

— E, então, Sherlock, já desvendou o mistério que tanto a atormenta nos últimos dias?

— Só você para me fazer rir em um momento como este – zombou Andreia, passando a relatar a Hortência tudo que aconteceu entre ela e seu cliente.

— Às vezes confiamos cedo demais em certas pessoas. Não se zangue por isso – Hortência tentou consolar a amiga quando percebeu a real dimensão da frustração.

— Foi tolice, de fato. Me precipitei. Caí como uma pata.

— Não quis lhe tirar a empolgação, mas em um primeiro momento não via como o seu protegido pudesse ser inocente, com tanta prova em contrário, querida.

– Olha quanto tempo perdi nessa confusão.

– Tudo resulta em aprendizado. Nada é por acaso. Por mais que você ache que perdeu tempo, na verdade, ganhou experiência.

– Veja só, estamos diante de uma sábia. Muito bom conhecer um pouco mais esse seu lado.

– Hmm. Você ainda não conhece minha melhor parte.

– Estou louca para conhecer.

O sol já se ia no horizonte e, atrás dele, um rastro cinza de nuvens ralas ofuscava o resto do seu brilho. Sob a cama, copos de cristais longos e finos, já vazios, espalhados, e rolhas de garrafas de espumantes jogadas aleatoriamente pelo chão. Pétalas de rosas perfumadas grudadas nos pés suados, pés que insistiam em roçar um sobre o outro. Lençóis de cetim em desalinho e travesseiros amontoados em um canto. Sobre a mesinha de centro, restos do que fora uma refeição. As amantes extenuadas do exercício da paixão agora detêm o olhar para o teto e as mãos ao longo da lateral do corpo, acariciando-se.

– Por que será que estou precisando de ar fresco?

– Talvez porque esteja quente aqui dentro.

– Quando nos encontraremos novamente? Já estou com saudades.

– Sério? Acabamos de fazer amor e já está com saudades, Andreia? O que você tem contra sexo casual?

– Antes nada, agora tudo. Acho que não vou mais querer desgrudar de você.

– Nossa genética deu *match* realmente.

– Nossos genes liberaram a quantidade de neurotransmissores ideais, não?

– Essa coisa de genética impregna mesmo na gente – riu Hortência

– Não à toa Regina é uma apaixonada pelo tema – lembrou Andreia.

– Linda como ela só, trocou isso – e apontou para os corpos nu das duas – para se enfurnar atrás da lente de um microscópio.

– São as escolhas que fazemos na vida.

– Por falar em escolhas, o que você fará agora?

— Além de ficar mais aqui com você, não sei. Talvez estudar um pouco de genética. Ver do que os genes são capazes de fazer – e riu da própria piada.

— Pelo que sei, são capazes de fazer muitas coisas. Até de se rebelar.

— Rebelar?

— Quando algo vai mal na nossa saúde, a culpa não é dos nossos genes?

— Achei que nós fôssemos os culpados.

— A coisa é mais complicada do que isso. Acho que é uma junção de tudo. Nós e dos nossos genes.

— Quem sabe Regina pudesse me dar umas aulas. O que você pensa disso?

— Que você está louca. Não deixaria você sozinha com ela.

— Por que não? Não disse que o negócio dela é outro.

— Você é danada mesmo…

Logo quando começaram a se enroscar novamente, o telefone tocou, era Fernanda. Deixaram tocar.

CAPÍTULO 28

A porta da carceragem foi aberta e um agente penitenciário afervorado dirigiu-se à cela de Luiz Flávio. A ação foi acompanhada pelo amigo, que levantou os olhos adormecidos para ver do que se tratava. Era cedo e a movimentação nas celas nesse horário não condizia com a rotina habitual.

– Venha, tem uma visita para você.

Luiz Flávio levantou-se com lentidão, passou água sobre os olhos ardentes e calcou a fina lâmina do tubo do creme dental a fim de obter o restinho de pasta.

– Se apresse – gritou o guarda.

– Calma. Quer que eu tire seu pai da forca?

– Eu, se fosse você, me adiantaria. Por acaso sabe do que se trata?

Desceu com passos indolentes a escadaria que o levava para a sala de visitas, para enfim perceber a presença dela… aflita…

– O que houve, Fernanda?

As palavras travaram na boca de Fernanda.

– Fale, acabe logo com essa agonia. – É Bruninho?

– É.

– O que houve com ele? Ele está… – sentiu o coração acelerar dentro do peito.

— Está...

— Fale logo — os olhos dilataram-se, querendo saltar das órbitas, aterrorizados.

— Um acidente, ele caiu da bicicleta e o guidom atingiu o abdômen.

— Ele sabe muito bem andar de bicicleta, alguém o derrubou? Você o deixou sozinho? – exasperou-se Luiz Flávio.

— Não o deixei. Ele estava inaugurando sua bicicleta nova.

— Bicicleta nova?

— Sim, uma maior. Doutor Rodrigo o presenteou. Estava tão feliz.

— Doutor Rodrigo. Claro, quem mais poderia ter sido?

— Parecia não ser nada. Um tombo qualquer como tantos outros. Já em casa, de repente, empalideceu, disse coisas desconexas. Nós desconfiamos, o levamos ao hospital e um ultrassom confirmou a ruptura do baço. Havia muito sangue na barriga. Logo depois, entrou em choque hemorrágico, conforme disseram.

— Ele não é o pai dele. Você não tinha o direito.

— Isso não interessa agora. Ele foi transfundido e precisa de sangue. Vim aqui porque precisamos de doadores. Você, sendo o pai, é compatível com o tipo sanguíneo dele. O hospital precisa repor os estoques. Esse é o protocolo.

— Eu entendo. Mas não sei se posso doar sangue para alguém, mesmo sendo para o meu filho.

— Por que não?

— Porque estou preso, ora essa. Como faço para ser escoltado daqui até o hospital?

— Avisarei sua defensora. Ela saberá o que fazer.

— Que defensora, Fernanda? Esqueceu que Andreia renunciou à minha defesa? Ainda não foi nomeado ninguém em seu lugar. Como ele está?

— Está na UTI. Foi operado às pressas, como você já deve ter imaginado. O baço foi removido. As próximas horas serão críticas. Tudo pode acontecer.

Luiz Flávio teve vontade de esbofeteá-la. Nunca havia sequer levantado a mão, mas agora o ódio escorregava fácil até os dedos. Deixar seu filho, um menino de quatro anos, sozinho com um desconhecido, que qual interesse teria em cuidar de um filho que não era seu? No entanto, a oportunidade de salvá-lo da morte o demoveu de qualquer ressentimento que, por ora, pudesse alimentar, por quem quer que fosse.

– Chame Andreia aqui, por favor. Preciso falar com ela. Vou explicar o que aconteceu. Talvez ela possa nos ajudar – Luiz Flávio parecia decidido a fazer uma revelação.

Fernanda ligou e Andreia não atendeu. Fernanda tentou de novo. Tentou cinco vezes, não desistiria. Se ela bloqueasse, tentaria de outro número. Até que escutou.

– O que você quer?

Fernanda explicou o acontecido.

– Ele mentiu para mim. Que a justiça seja feita, que seja condenado.

– Não é por ele, é por meu filho.

Fernanda escutou uma voz por trás no telefone. Foi a voz que convenceu Andreia.

– Eu sou uma idiota. Tudo bem, estou indo.

A advogada chegou algumas horas depois, e de início reticente para ouvir as palavras do detento, não pretendia ser engambelada novamente.

– Você tem dez minutos para me revelar o que se permite contar. Saiba que o que disser pode ser usado contra você.

– Compreendo sua desconfiança, Andreia. Mas tive motivos para ocultar de você onde estive naquele dia.

– Fale, sou toda ouvidos – Andreia, mesmo desconfiada, estava curiosa para ver qual artimanha o malandro usaria desta vez.

– Eu comprei o ingresso pensando num álibi, sim, mas não era para a justiça, mas para a minha mulher. Fui a um encontro.

– Como assim?

– No dia do crime, marquei um encontro com uma colega de trabalho. Eu estava muito desapontado com as atitudes de Fernanda. Ela sempre tentava fugir às minhas investidas. Não me dava o carinho que eu tanto queria. Você compreende?

– Não. Não compreendo.

– Encontrei essa colega num dos bares daquela região. O destino, como você pode constatar, não me ajudou nem um pouco. Posso fornecer o nome dela. Você pode consultá-la sobre isso, mas lembre-se: ela também é casada. Não vai querer testemunhar.

— Que ótimo, Luiz Flávio.

— Porém, na hora "H", não consegui. Ficamos por lá um tempo, conversando, mas não fui até o fim. Fernanda não me saía da cabeça. Não poderia fazer isso. Tinha certeza de que me arrependeria depois.

— Por que não contou isso antes?

— Por motivos óbvios, Andreia. Não queria magoar minha esposa. Não sei se ela acreditaria. Mas agora que ela me abandonou, não há mais nada para ser preservado.

Não que a história contada tivesse convencido Andreia de que Luiz Flávio fosse inocente, mas, percebendo o drama e a urgência que o momento exigia, afinal, envolvia a vida de uma criança sem culpa nenhuma, fez com que providenciasse, enfim, todos os trâmites legais. Luiz Flávio recebeu permissão da direção para acompanhar de perto o drama do seu filho no hospital. Seria acompanhado por alguns agentes da penitenciária. Coletaria os exames, tipagem sanguínea, exame toxicológico e sorologias para os diversos tipos de doenças infectocontagiosas às quais os presos estão expostos.

À entrada do salão principal do hospital, Luiz Flávio e Andreia deram de cara com Fernanda e o doutor Rodrigo sentados nas poltronas da recepção, de mãos dadas. Ele tentou não se abalar, mas foi em vão. Esperava encontrá-los, mas a cena materializada diante de seus olhos foi mais pungente do que poderia supor.

Cumpridas as formalidades de ingresso, Luiz Flávio foi encaminhado ao setor de coleta. Antes da doação propriamente dita, era preciso testar a segurança. Enquanto esperava o resultado, solicitou à equipe médica permissão para visitar seu filho na UTI. Livre das algemas, em voto de confiança da equipe que o acompanhava e sob a aquiescência de Andreia, adentrou o silente ambiente da UTI pediátrica do mesmo hospital em que recebera seu tratamento alguns anos antes.

O silêncio só era interrompido pelos bipes das máquinas, e dos respiradores, e das bombas de infusão. Enfermeiros e técnicos de enfermagem movimentavam-se silenciosos. Uma quantidade de compartimentos, separados por cortinas de *courvin* bege, abrigava em seus leitos crianças de diversas idades. Divisou, no fundo da ala, o menino de quase cinco anos, entubado, sedado, olhos fechados em sono profundo. Sentiu um nó na garganta. Se ele estivesse ao seu lado, nada disso teria acontecido. A culpa o atormentou no momento em que estacou ao lado do pequeno enfermo. O semblante do menino ali deitado, imóvel, cercado de fios e tubos, monitorado em seus sinais vitais, totalmente entregue aos desígnios de Deus, exasperou-o. Uma lágrima escorreu de seus olhos. Com as costas da mão, ele a secou. Como se engolido por uma onda, tentava de todas as maneiras emergir à superfície. Contudo, uma centelha: lutaria com todas as suas forças para poder voltar a ter uma vida com seu filho, tê-lo junto a si, alegre, feliz, saudável, porque, em sua visão, assim eram as ordens das coisas. Um pai não enterra seu filho; um filho é quem enterra seu pai.

Algumas horas depois, os exames estavam prontos. Aguardavam todos sentados nas cadeiras da recepção. Doutor Rodrigo e Fernanda à frente e Luiz Flávio e Andreia, duas fileiras atrás. O músico sentia-se como se o principal jogador do time fosse substituído pelo reserva imediato, mais jovem e mais descansado. Foi chamado discretamente pela enfermeira-chefe para que a acompanhasse ao consultório improvisado ao lado da UTI. O pediatra responsável por Bruninho o esperava. Em seu íntimo, um certo grau de nervosismo. Exames podem ter resultados surpreendentes, como ele já bem o sabia.

– O senhor é o pai do Bruninho? – o médico, um jovem sem cabelos, com olhar cansado devido às exaustivas noites de plantão, o cumprimentou e apontou a cadeira em frente à escrivaninha de compensado branco, para que se sentasse. Em suas mãos, um envelope estufado. *Malditos envelopes*, pensou.

– Sim. Eu sou o pai.

– Temos um problema aqui, senhor – o jovem o encarou para ter certeza de que ele o ouviria e para observar as suas reações. – Seu sangue não confere com o tipo B, conforme o senhor comentou.

– Como é possível o meu sangue não ser tipo B? Fui transfundido diversas vezes com esse sangue durante minha leucemia – Luiz Flávio o interrompeu, confuso, sem que o médico conseguisse terminar de falar.

– Não sei. Só sei o que está no exame. Não é tipo B.
– Qual o tipo de sangue do Bruninho?
– Tipo O.

Assim que ouviu a resposta, Luiz Flávio levantou-se transtornado e saiu pela porta.

– Por favor, controle-se. Aonde o senhor vai?

De volta à recepção, perturbado, viu-se frente a frente com Fernanda. A cólera sobrepujou todos os mecanismos de controle e bom senso que pudesse racionalizar.

– Você me traiu desde o início. Bruninho não é meu filho. Nosso sangue deu incompatível. O sangue de Bruninho é tipo O e o meu sempre foi tipo B e sei que o seu é tipo A – e, olhando com fúria para o rival, apontou. – Só pode ser você o pai dessa criança. Aposto que seu sangue é tipo O.

– É, sim, mas isso não significa... – respondeu Rodrigo.

– Eu sabia! – gritou Luiz Flávio apertando os dentes.

– Você está louco, Luiz Flávio! – gritou Fernanda sem acreditar no que acabara de ouvir.

– É impossível – rebateu Rodrigo – estamos juntos há pouco tempo.

– Vamos fazer um teste de DNA – blefou Luiz Flávio.

– Vamos – responderam em uníssono os dois.

– Deixe-me analisar esses exames – disse Rodrigo, levantando-se da cadeira e indo em direção ao setor de diagnóstico, conversar com o médico de Bruninho.

Algum tempo depois, retornou à recepção e encontrou o ex-casal em cantos opostos com olhares desconfiados um para o outro.

– Calma, pessoal. O sangue é compatível, sim. Vou explicar o que aconteceu.

Andreia ouviu o esclarecimento e, quase ao mesmo tempo, clicou um número em sua agenda de telefone.

CAPÍTULO 29

O presídio todo soube que a data do julgamento de Luiz Flávio fora marcada. Assim, mais um dia nascia na infecta penitenciária estadual, dias antes do decisivo, em que seria sacramentado o seu destino. Pela claraboia acima de sua cabeça, alguns tímidos raios de sol invadiam a cela, iluminando o cubículo lentamente. Luiz Flávio, ainda sonolento, esfregou os olhos. Em um reflexo, observou um vulto, um espectro sobre a antiga cela vazia. De um salto, levantou-se em direção à pia e lavou os olhos a fim de desanuviá-los. Não queria acreditar no que as órbitas opacas principiavam a enxergar. Conforme a nuvem se dissipava sobre seus olhos, a compreensão do que acontecia se clarificava. Havia, de fato, um novo ocupante. O próprio chefe do inferno, Fabiano, o irmão de Lia Francine, o matador de policiais – a tatuagem em seu braço revelava a facção. Um crânio humano enterrado por um punhal com cabo de prata. Seu amigo estava acordado e lhe dirigia um olhar compassivo. O homem, de pele morena, vincos profundos no rosto, ombros largos e fortes, vestia uma camiseta regata e bermuda até os joelhos, dirigia um olhar mordaz à cela, um misto de curiosidade e gula, à moda dos felinos à espreita de sua caça.

A aparição do personagem reavivou na mente de Luiz Flávio a agonia que sofrera e demorara dias para sepultar na memória. O homem que ali estava representava a gangue que o condenara à morte. A situação se manteve em suspenso por alguns bons minutos. Diante da indefinição, Luiz Flávio iniciou uma conversa com Alfredo. As cordialidades trocadas entre os amigos, como para dar um clima ameno à tensão, não tiveram o efeito esperado. O criminoso não participava, apenas limitava-se a gargalhar de tudo o que Luiz Flávio e seu companheiro falavam, feito um louco, apesar de o contexto das frases pronunciadas não conter nada de hilário.

Na ala escura, Luiz Flávio sentia-se encurralado e, sem perceber, mantinha os músculos tensos. Foi sobre esse espectro que ele pôde observar, em um instante, o bandido abrir sem esforço a sua cela e se aproximar lentamente. Mantinha o sorriso sardônico no rosto. Ele postou-se diante do opositor, mantendo a gravidade no olhar e, refletindo a sua própria maldade, proferiu palavras injuriosas. A liberdade de movimentos de seu algoz o surpreendeu. Totalmente incapaz de esboçar qualquer reação, incapaz de balbuciar qualquer palavra ou mover os punhos. Cada momento naquele beco sombrio parecia uma eternidade, com a ameaça iminente do bandido pairando sobre sua mente. Este, por sua vez, conhecia os pontos fracos, os medos de suas vítimas e os explorava impiedosamente.

Luiz Flávio não conseguia relaxar, esqueceu de dormir, o sono que costumava ter após o almoço negligenciou, tal o estupor que se encontrava. Imaginava que, a qualquer instante, o matador abriria a cela e o pegaria desprevenido.

O matador circulava pelo espaço pequeno com desenvoltura. Ora permanecia deitado em sua própria cela, ora se postava à frente de Luiz Flávio e lhe dirigia aquele olhar zombeteiro de quem pouco se importava.

– Como está o seu filho? O Bruninho? Soube que saiu da UTI. Mas não se preocupe, cuidaremos bem dele quando você se for.

– Não ouse... – a voz saiu fraca, quase um balbucio, diante da surpresa da ousadia.

– Cala a boca, seu corno. Foi chifrado pela mãe do menino. Bem se percebe que é um frouxo. Só teve coragem de matar a minha irmã.

Diante deste impasse, corriam na mente de Luiz Flávio mil pensamentos acerca de como dirimir a angústia que lhe passava no espírito. Sentindo-se como a gazela à frente do leopardo, mas munido de resquícios de coragem, tentou aproximação com o predador.

– O que você quer de mim?
– Vim terminar o que comecei.
– Não fui eu quem matou a sua irmã.
– Deixa de caô. Ninguém aqui é moleque.
– Então, não sabe que haverá um julgamento? Sua gangue não sabe de tudo que acontece na prisão?
– A justiça da sociedade falha. Não pune na medida certa. Na cadeia, nós é quem fazemos a lei. Você já foi julgado e condenado, sabemos que não existe outro culpado pela morte de minha irmã.
– Está enganado.
– Minha irmã era boa. Eu sou mau.
– Você precisa esperar um pouco mais para dar cabo à sua vingança.
– Não.

O bandido parecia ter mil vidas, porque não descansava nunca, sempre para lá e para cá, esperando as horas passarem até o momento em que, para desespero de Luiz Flávio, chegaria. Nem as conversas sobre amenidades com Alfredo tinham lugar naquele momento. O amigo também permanecia em suspense, era apenas espectador e, como tal, incapaz de participar da trama. A tarde chegava ao fim, os últimos vestígios de claridade natural haviam se extinguido e o espaço mal iluminado tornara-se ainda mais sombrio. Do fundo da cela, irrompeu o vozeirão do matador, estirado sob o colchonete.

– Não vai dormir, neném? Nana, nenê, que a cuca vem pegar... – e, num sobressalto, ficou em pé, agarrado às grades, enquanto puxava do bolso da bermuda um canivete Sentinel preto de aço niquelado.

Riscou a lâmina afiada contra as barras de metal. O som metálico ecoou pelo corredor.

Nesse clima torturante, as horas passaram até a alta madrugada. O sono e o cansaço tornaram-se mais um inimigo. Sabia que não poderia ser vencido. Como o motorista virado na extensa madrugada, um segundo de desfalecimento poderia significar a morte instantânea. Só que a luta contra a natureza sempre será inglória. Ninguém vence a natureza, jamais.

Quando no ar, soou um clique seco, um trincar de chaves, um ranger de portão enferrujado a se abrir. Envolto pelos longos braços dos deuses do sono e da morte, Luiz Flávio foi arrancado da prostração com brutalidade, e percebeu um par de mãos a sacudir os seus ombros inertes. Sem que pudesse se recompor, estava sob a mira do estilete de aço argênteo refletindo a luz do luar em seus olhos. A mão suja lhe tapou a boca.

– Chegou a sua hora.

Diante dos olhos negros e decididos do matador, os ombros e braços de Luiz Flávio relaxaram. Desistiu de lutar contra a facção e por sua vida. Deixaria acabar com tudo, com seu sofrimento e sua angústia. Na velocidade com que o fato acontecia, nem lembrou do filho que já se recuperava no hospital, nem do amor que ainda sentia pela esposa. Só queria acabar com aquilo tudo de uma vez. O assassino também tinha pressa para concluir o crime. O estilete afiado e pontiagudo apontado para o ventre da vítima. Na penumbra da cela, os movimentos não eram nítidos, apenas as sombras serpenteavam. Só o que se distinguia era o reflexo da lâmina de aço apontada para o corpo de Luiz Flávio. De repente, a onda mortal em sua direção estava pronta para desferir o golpe de misericórdia. Luiz Flávio, com os olhos fechados, à espera do ataque, sentiu a ponta perfurando a carne, o sangue jorrando por suas pernas em direção ao chão. Sentiu o corpo fraquejar como peso extra sobre si mesmo. Tudo desfaleceu e o ambiente ficou ainda mais soturno.

– Não são apenas eles, os das facções, que têm seus privilégios. Também temos os nossos segredos – Alfredo, o hebiatra, exibia um sorriso enquanto se via em suas mãos uma adaga suja de sangue e o corpo do irmão de Lia Francine a sangrar no chão.

Luiz Flávio apalpou seu dorso à procura de injúrias e nada encontrou. Estava intacto como quando viera ao mundo. Então, abriu um sorriso e abraçou seu salvador.

– Você tem um julgamento para ganhar, meu amigo. Não seria justo partir como um pária quando ainda não sabemos quem é o assassino. Como eu lhe disse certa vez, conheço muitas almas e, vivendo aqui esses anos todos, também a alma dos bandidos. Você é um músico, é um artista, tem o dever de espalhar sua arte pelo mundo.

Neste instante, as luzes dos corredores se ativaram e ouviram-se passos no corredor. Em segundos, os guardas invadiram a cela e flagraram os dois amigos ao lado do corpo inerte.

– Aqui tudo é infecto. Só não sei onde está mais podre, se dentro ou fora das celas – relaxou o hebiatra, deixando cair a lâmina suja de sangue e elevando os braços ao alto sob as ordens dos guardas.

Luiz Flávio e Alfredo foram apartados e levados algemados para diferentes regiões do presídio.

Foi-se embora Fabiano, o irmão de Lia Francine, carregado pelos guardas em direção à enfermaria, deixando para Luiz Flávio a felicidade de permanecer vivo um pouco mais. A tensão dolorosa de seus músculos relaxou, mesmo sendo carregado sob violência pelos guardas em direção à solitária. Um inquérito de, no mínimo, tentativa de homicídio em nome dos dois amigos seria iniciado. Não se sabia até o último momento se o matador permanecera vivo ou morto, e a gravidade da pena que poderia lhe recair.

CAPÍTULO 30

Quando Andreia chegou ao presídio e pediu por seu assistido, informaram-na de que ele estava na solitária. Assustou-se quando descobriu o motivo da transferência. Luiz Flávio era acusado de estupro e assassinato, motivo suficiente para mandá-lo ao inferno, mas até agora havia se comportado de maneira a não dar motivos para isso. A raiva da causídica aumentou a ponto de sair gritando pelos corredores à procura do diretor do presídio. Quando o encontrou, interpelou-o com firmeza.

– Como ousa mandar meu cliente para a solitária, quando agiu dessa forma para salvar sua própria vida?

– Você queria que eu fizesse o quê? No fundo, é para sua própria proteção – respondeu ele, convicto de que fizera o certo.

– O Estado deve protegê-lo e não a solitária, não me venha com essa conversa. De que maneira seu inimigo conseguiu a chave para entrar sorrateiro na cela dele?

– As facções têm chaveiros que abrem qualquer coisa.

– Isso é uma piada? Que tal termos uma conversa com o secretário de Estado? Quem sabe a imprensa...

– Fale. O que você quer, doutora? – suspirou o diretor.

– Vou lhe dizer.

E, assim, Andreia preparou seu plano final. Luiz Flávio foi levado de volta à sua cela, não sem surpresa ao encontrar Alfredo de regresso ali também, sorridente ao vê-lo. A advogada solicitou que tomasse um banho, pois seria levado à enfermaria. Luiz Flávio interpelou sua protetora, afirmando que estava bem e que não precisava ser examinado.

– Não é este tipo de exame – respondeu.

Ao chegar à enfermaria, deparou-se com o técnico do laboratório e o médico do presídio, munidos de tubos de ensaio, seringas, bisturis e tesouras.

– O que é isso, Andreia? – perguntou curioso.

– Os exames de que eu te falei.

– Mais exames de DNA?

– Vamos, mostre-me seu braço – ordenou o médico com a seringa de anestesia na mão.

Luiz Flávio despediu-se de Alfredo. Não fazia ideia de quanto tempo duraria o julgamento. Confiava em sua advogada, porquanto ela não dissesse que sua causa estava perdida. Após lavar o rosto e escovar os dentes, vestiu o terno preto apertado nos ombros – o mesmo que usara na sentença de pronúncia. Os olhos azuis sem brilho e o tufo de cabelos loiros na região frontal da cabeça confirmavam o ar de perdedor que encarnou desde a chegada à prisão.

O réu foi levado ao fórum no centro da cidade em um comboio. Não esqueceram que era um prisioneiro jurado de morte, mesmo com o principal interessado fora de combate. Como a chegada ao presídio antes fora sob estrépito, sua saída também foi. À frente do camburão, iam cinco viaturas, assim como outras cinco guarneciam a retaguarda. Os giroflexes faiscando e as sirenes zumbindo como se a escolta de um homem chefe de Estado. À entrada do tribunal, uma dezena de repórteres se aglomerava com os microfones em riste para uma declaração.

— Quantos anos pensa que será condenado, Luiz Flávio?
— Está arrependido?
— Como está a vida na cadeia?
— De que forma estão lhe tratando?
— E o irmão de Lia Francine? É verdade que você o esfaqueou na prisão?

E tantas perguntas que levaria horas para desconstruí-las de acordo com os argumentos previamente calculados e traçados esses meses todos em sua consciência. Contudo, não havia tempo para nenhuma explicação.

O tribunal estava lotado devido à repercussão dada pela mídia ao caso desde o início. Policiais fardados e em trajes civis faziam a segurança do local. Vários canais de televisão do centro do país punham câmeras em pontos estratégicos do plenário para captar os ângulos mais importantes e favoráveis à transmissão via satélite. As cadeiras da plateia estavam todas ocupadas. Da metade do tribunal destinada aos parentes do acusado, reconheceu apenas Fernanda e o doutor Rodrigo. Os outros seriam curiosos e estudantes de Direito. Da outra metade, posicionada do lado contrário, os familiares e simpatizantes da causa de Lia Francine. Percebeu o ódio daqueles homens e mulheres pelo modo como o fuzilavam com os olhos. Recolheu-se rapidamente ao espaço destinado ao réu, decidido a não olhar para trás nenhuma vez mais pelo tempo que duraria o julgamento. No entanto, ainda sentia um forte peso sobre suas costas, como se fossem o alvo à espera da flecha. Apertou as mãos de Andreia, sentada ao seu lado.

— Seja forte. Hoje muita coisa vai acontecer. Muitas surpresas também.
— O que você quer dizer com isso, Andreia?
— Não quer sair livre?
— É lógico.
— Então... chegou a hora. A hora da verdade. Doa a quem doer. Também poderemos sair vitoriosos.
— A sua esperança é fascinante.
— Nem tudo serão flores. Se prepare. Não lhe contei tudo.
— Se você conseguir a minha liberdade, serei eternamente grato.
— Espere até o final. A verdade, às vezes, pode ser chocante.

– Que verdade, Andreia?

– As coisas se desenrolarão conforme o andamento do julgamento. Regina nos ajudará. Está ainda fazendo as contas.

– Contas?

– Silêncio. A sessão vai começar.

O meirinho adentrou ao tribunal pela porta lateral, vindo do espaço destinado aos funcionários do local, para anunciar o início da sessão. O servente era um senhor de idade avançada, baixinho, pele opaca e cabelos grisalhos despenteados, cuja face era pura solenidade e respeito. Vestia um terno preto maior do que ele, mas, pelo modo como entoava as palavras, dava muito crédito à função.

– Por favor, senhores, todos em pé para a chegada do meritíssimo juiz.

O magistrado entrou para ocupar o lugar que lhe era devido, vestindo a toga, um manto negro, feito de linho, amplo e comprido, que cobria o corpo, deixando à mostra o par de sapatos lisos e pretos, reluzentes de tanto brilho após a pasta que o próprio meirinho havia passado minutos antes. A mesma face mascarada de baluarte da justiça, inexpressiva e incógnita.

O presidente da sessão, com um gesto, autorizou a todos se sentarem em seus lugares. Ordenou que a promotoria apresentasse a acusação.

O promotor, um homem de 40 anos, estatura mediana, cabelos escuros cortados à régua, face redonda e barba rala, bem aparada nos contornos, também vestia a toga escura, um tanto maior que ele, pois arrastava o tecido escuro pelo chão quando passeava com afetação pelo assoalho da tribuna. Possuía a arcada dentária mal ajustada, permitindo que a língua escapulisse entre os dentes. A língua incontida produzia perdigotos em profusão, além do som de ceceio que o tornava irritante de ouvir. Próprio das pessoas que acusam, era irascível e impertinente. Nutria a certeza de causa ganha tamanha a quantidade de provas a seu favor.

– Senhoras e senhores jurados – apontou o dedo para o corpo de jurados, formado por quatro cidadãos e três cidadãs, escolhidos entre vinte e um que compuseram o quadro inicial – estamos aqui hoje para julgar um assassino vil e cruel que estuprou e assassinou uma mulher de 21 anos, mãe de duas crianças, agora órfãs, empregando meio cruel e sem possibilidades de defesa. No dia 30 de março, há um ano, esse ser infame sentado à nossa frente, sob a máscara astuciosa de um confiável homem de bem, ofereceu carona e induziu a vítima a entrar em seu automóvel. Levou-a, sob ameaças à sua integridade, a uma obra em ruínas no Jardim das Orquídeas, pela hora calculada de 20h. Espancou, estuprou e a matou, deixando enorme quantidade de rastros na cena do crime, tomado por sua ânsia de consumo sexual. Temos seu material genético doado para compor o cadastro nacional de perfis genéticos, na ocasião em que trabalhava na respeitável empresa de implementos agrícolas Rotschild. Coletamos, na cena do crime, sêmen encontrado nas partes íntimas da vítima e em sua calcinha. Encontramos saliva seca em partes do corpo, como orelhas e pescoço, e sangue embaixo das unhas, enquanto a pobre tentava se defender dos ataques do vilão. Cotejamos com o material genético deste homem. Vejam só, senhores, todas as comparações possíveis foram feitas e todas elas mostraram compatibilidade. Não convencidos, refizemos os exames; coletamos novo material, enquanto o réu estava encarcerado e os contrapomos, mais uma vez, ao material do cadastro nacional de perfis genéticos e a elementos encontrados na cena do crime. Não sem surpresa, constatamos: em tudo há compatibilidade. E, senhoras e senhores do júri, como a cereja do bolo de todo este arsenal de provas, há a confirmação, através do GPS do celular, da presença do criminoso no local do delito. O que mais queremos para provar e esclarecer este escabroso crime? Julguem por si mesmos.

O promotor retirou de uma pasta preta, um envelope branco e dali tirou dezenas de fotografias e as repassou ao corpo de jurados, para que cada um as visse e as entregasse ao colega ao lado. Luiz Flávio conhecia o teor das fotos, cada uma delas. A mulher morta e violada em poses diversas. Todos os ângulos possíveis do cadáver ensanguentado e os horrores que as imagens evocavam. Podia sentir a ojeriza dos jurados. A maldade humana estampada em fotografias.

Enquanto o promotor esmiuçava o que tinha de concreto em sua acusação, Luiz Flávio observava o corpo de jurados. Olhavam para ele como se dissessem, acabem logo com isso, vamos levá-lo à forca imediatamente, nunca vimos monstruosidade semelhante.

— E, para encerrar este primeiro aparte, rogo aos senhores jurados que condenem este ator torpe e vil – e apontou o dedo em direção a Luiz Flávio – nosso trabalho hoje aqui, neste tribunal, considero um dos mais fáceis com o qual me deparei ao longo de mais de dez anos de carreira. Um tão florido arsenal de provas não deverá nos fazer duvidar acerca da culpabilidade do acusado. E, para atestar a personalidade doentia deste abjeto indivíduo, chamarei a minha primeira testemunha.

Luiz Flávio ficou curioso para conhecer quem poderia atestar a sua suposta personalidade doentia. Um tanto desconfortável, a testemunha se levantou da cadeira para sentar-se no banco da testemunha, à disposição da acusação. Luiz Flávio acompanhou o menear do corpo do atestante até a tribuna, incrédulo.

— Seu nome? Pediu o promotor.

— Fernanda…

— Você conhece o acusado?

— Conheço. Foi meu marido e é o pai do meu filho.

— O que você pode depor acerca do acusado? Quais mudanças você notou em seu comportamento nos últimos tempos?

— Especialmente depois do transplante.

— Transplante? – enfatizou o promotor, como se não soubesse por quais agruras passara o réu.

— Luiz Flávio passou por um transplante de medula óssea. Depois do transplante, tornou-se um tanto mais arrojado nas questões sexuais.

— Viciado em sexo?

— Talvez seja um termo forte demais, mas não se comportava dessa maneira antes. Era mais pacato nessas questões.

— Então, quer dizer que o acusado foi salvo da morte por um transplante, em que um ser bondoso lhe deu de bom grado sua medula, utilizou recursos do Estado em hospitais pagos pelo governo e devolveu toda benesse com um crime hediondo?

— Doutor, isso não me compete avaliar. Só constatei a mudança em seu comportamento sexual. Tornou-se ávido por sexo. Suas preferências mudaram um tanto, tornou-se mais disposto, solicitava com mais frequência a conjunção.

— Mais agressivo? Ele lhe machucava?

— Não – enfatizou – atribuí essa mudança à nova chance que recebeu. Estava às portas da morte. Foi salvo, como o senhor disse. Recebeu uma nova vida. Era natural que quisesse aproveitar. Foi essa minha percepção. Tive que freá-lo, em muitos momentos, de sua intenção.

— Vejam, senhores – o promotor voltou-se ao corpo de jurados – não tinha sexo suficiente em casa. Precisava expurgar sua energia. Encontrou a pobre senhora indefesa e não titubeou em fazer dela seu objeto de desejo. Vejam como as coisas se encaixam.

— O senhor falou que não exporia nossa intimidade. Não foi isso que eu quis dizer quando…

— Por favor, Senhora – objetou o promotor – só responda aquilo que lhe for solicitado. Senhor juiz, terminei aqui – apontou o olhar em direção ao magistrado.

— Senhora advogada de defesa, tem alguma pergunta à testemunha?

— Não, senhor meritíssimo. Pode dispensar a testemunha.

— Você sabia que ela testemunharia e não me avisou? – perguntou Luiz Flávio à Andreia enquanto ela remexia alguns papéis em cima da mesa.

— Deixe comigo. Não se preocupe. Ela só nos ajudou – respondeu lacônica.

O promotor chamou outra testemunha para depor. Um senhor de meia-idade, perito forense, funcionário do Estado.

— O senhor nos assegura que os testes realizados confirmaram a autenticidade do assassino?

— Os testes de DNA têm uma taxa de confiabilidade de noventa e nove por cento que a pessoa que esteve com Lia Francine na data do crime é a mesma que doou material para compor o banco nacional de perfis genéticos. O senhor Luiz Flávio Alves Krieger. E a contraprova realizada com o novo material coletado reafirma a autenticidade.

— Que material foi esse? – objetou o promotor.

— Saliva. Do ponto de vista científico, não há como contestar. A ciência evoluiu muito e, com o advento dos testes de DNA, muitos crimes outrora sem solução foram desvendados em um piscar de olhos. Muita injustiça foi reparada e outras tantas evitadas. Neste caso, penso que a justiça será feita.

— O depoente não está aí para emitir a sua opinião e influenciar os jurados — Andreia revoltou-se.

— Atenha-se às respostas apenas do ponto de vista técnico, por favor — o juiz ordenou ao perito.

— Desculpe, meritíssimo. As amostras foram examinadas no laboratório central do Estado e são analisadas sob rigoroso escrutínio, nos melhores equipamentos, pelos mais competentes profissionais. Foi o que eu quis dizer.

— Senhora advogada de defesa, é sua a testemunha.

— Não questionamos a veracidade das provas. Não pensamos ser relevante questionar o que os exames demonstraram até agora. Aceitamos o resultado e o confirmamos.

Um zum-zum irrompeu pelo tribunal. Então, ela confirmava que o assassino era mesmo Luiz Flávio e não tinha nada para ajudá-lo? As câmeras focaram o acusado que esfregava, buliçoso, as mãos no rosto.

E o porquê desta farsa? Por que chegamos até aqui? Por que me expor ao ridículo desta forma? Luiz Flávio posicionava-se para tocar o braço da advogada e fazê-la responder aos seus questionamentos, quando ela, pondo-se em pé, declarou:

— Iremos além. Não questionamos os resultados que chegaram até agora, que estão todos corretos na sua essência, mas não confirmamos que seja nosso cliente o assassino. Vamos provar que a inocência do réu se baseia nesta mesma ciência, porém, inédita em relação ao conhecimento atual. A ciência não parou de acontecer, mas nos surpreendeu até onde nos levou. Nos levou para bem mais longe do que os nossos acusadores poderiam supor. Até mesmo do que a defesa poderia supor, acerca dos últimos exames que chegaram… e, para explicar para todos o que aconteceu com o meu cliente, chamo a minha primeira testemunha.

Luiz Flávio ouviu um ranger de cadeira logo atrás de seus ombros, e, assim, observou o doutor Rodrigo ultrapassar o corrimão de madeira que separava a plateia do palco e postar-se no banco de testemunhas.

– Seu nome, senhor.
– Meu nome é Rodrigo.
– Qual a sua profissão?
– Sou médico hemato-oncologista.
– E a sua relação com o acusado?
– O acusado foi meu paciente e do dr. Carlos Alberto no tratamento de uma leucemia mieloide aguda há quatro anos.
– Alguma outra relação?
– Com o acusado não, mas com a ex-esposa dele, sim – respondeu Rodrigo, constrangido.

Um murmúrio percorreu a plateia. O público sem dúvida aprecia desgraças alheias, todos cochicharam entre si, satisfeitos por saberem informações de alcova.

Andreia percebeu o que acabara de acontecer, contudo, para não dispersar a plateia e o júri do que realmente interessava, prosseguiu com a entrevista.

– O que aconteceu no dia em que o réu precisou deslocar-se até o hospital para proceder à doação de sangue para seu filho, que estava entre a vida e a morte?
– Houve uma grande confusão, doutora. Todos ficamos perplexos.
– Explique os fatos, por favor.
– Os exames, doutora. Os exames provocaram uma grande confusão. Houve uma troca de tipagem sanguínea. O sangue de Luiz Flávio era tipo B antes do transplante. Após o tratamento todo e com o passar do tempo, o sangue de Luiz Flávio passou a ser tipo O. Algo comum em transplantes em que o sangue do receptor passa a apresentar a mesma tipagem do doador.
– Muito obrigada. Quero chamar minha segunda testemunha – continuou Andreia, após a acusação dispensar a testemunha sem perguntas.

Assim que Andreia pronunciou um nome, todos puderam ver se aproximar, saindo da área designada para a espera dos depoentes, uma jovem mulher, na faixa dos 35 anos, alta em cima dos seus sapatos de salto. Vestia um *tailleur*, casaco e calça em tons pastéis, complementado por uma blusa de seda branca, cuja transparência permitia ao menos entrever seios delicados e firmes. Os cabelos soltos, sem nenhuma mecha, espessos e sedosos, negros como a noite. A pele morena contrastava com dentes de um branco marfim impecáveis. Sem querer demonstrar, exalava uma sensualidade feminina apenas pela sua imponente presença no ambiente. Logo, percebeu-se, no entanto, que não se encontrava à vontade na condição de testemunha – gestos nervosos e um caminhar titubeante em direção à tribuna. A mulher se sentou e esquadrinhou o ambiente à procura de rostos que pudessem torná-la ainda mais encabulada, no entanto, não tendo visto ninguém familiar, voltou-se em direção à advogada que faria as perguntas pertinentes ao caso.

– Seu nome, senhora? – iniciou a advogada de forma protocolar.

– Carla – pigarreou nervosa. – Carla Savedra.

– Qual a sua profissão?

– Engenheira mecânica – num movimento rápido, endireitou-se na cadeira.

– A senhora poderia nos dizer onde a senhora trabalha? O nome da empresa?

– Trabalho na Rotschild Implementos Agrícolas.

Um pequeno burburinho principiou na sala.

– Qual a sua relação com o acusado? Poderia nos descrever, por favor?

– Fomos colegas. Ele era meu chefe.

– O que você pode dizer sobre Luiz Flávio no tempo em que trabalharam juntos?

– Sempre foi um bom chefe, atencioso e calmo. Não era dado a chiliques ou demonstrações de arrogância. Bem-quisto por todos. Mantinha o ego sob controle.

– Bem-quisto pelas mulheres? – sorriu Andreia.

A moça ruborizou ante a pergunta.

– Não entendi, doutora.

– Deixa pra lá. Você é casada?

— Sim.

— Então, Carla, conte para nós e para este tribunal o que aconteceu no dia 30 de março, às 20h, horário em que Luiz Flávio estaria cometendo um crime hediondo, cuja repercussão todos já sabemos.

— Combinamos de nos encontrar no bar.

— Um encontro? Explique melhor.

— Algo havia mudado na nossa relação. Sempre fomos muito respeitosos um com o outro. Ele nem olhava para mim, sempre muito sério. Uma relação estritamente profissional. Depois de um tempo, vinha mais à minha mesa. Passava muitas tarefas que, antes, ele mesmo fazia. Passou a ser mais cortês. Conscientemente cortês, entende? Depois passei a sentir mais calor na sua voz, nas suas palavras. Até o perfume mudou. Essas coisas, uma mulher percebe.

— Sem dúvida – concordou Andreia.

— Meu casamento estava em uma fase ruim. Eu estava vulnerável.

— Admiro a sua sinceridade, mas o que você quer dizer com isso?

— Que me deixei levar pelo seu charme, beleza e inteligência.

— Muitos atrativos, não é mesmo? Você tem filhos?

— Não.

— De quem partiu o convite para o encontro?

— De ninguém. Era para ser apenas um *happy hour*, não um encontro nesses termos.

— Mas você estaria disposta?

— Que pergunta, doutora, por favor. – Carla levou as mãos ao rosto como que para esfregá-lo.

— Desculpe. Só para ficar registrado: você e Luiz Flávio se encontraram no fatídico dia 30 de março, no horário aproximado de 20h... confirma? Saiba que seu depoimento está sob juramento e falsos testemunhos poderão torná-la ré.

— Sim, doutora. Eu compreendo. Houve um encontro. Mas lhe asseguro, não aconteceu nada de mais.

— Não se preocupe. Isso não é relevante para os autos do processo penal.

— É relevante apenas para nossas vidas pessoais – suspirou Carla.

Andreia virou-se para os jurados e proferiu o seu discurso.

— Senhoras e senhores, aí está a desconstrução do trunfo da acusação de que meu cliente estava próximo ao local do encontro no dia fatídico. Luiz Flávio não mencionou o encontro para não magoar sua esposa na época.

O promotor de um salto postou-se no meio da tribuna:

— Vejam só o que a advogada de defesa está tentando nos empurrar goela abaixo. Trouxe a amante do assassino para ajudá-lo a escapar da culpa. E quem poderá provar e de que maneira houve o encontro naquele dia e horário?

— Foi o que aconteceu, doutor — reiterou Carla, firme na postura.

— Mas há registros fotográficos ou filmagens?

— A testemunha é pessoa de caráter ilibado e cidadã honesta de nossa sociedade — rebateu Andreia.

— Contudo, não é muito honesta com o seu marido — escarneceu o promotor, o que fez Carla ruborizar. — Afinal, há filmagens ou não? — insistiu o promotor.

— As câmeras do bar estavam desligadas — informou Andreia.

— Muito conveniente para o réu. Quanto tempo durou este encontro? Quanto tempo ficaram juntos no referido bar, senhora?

— Talvez meia hora, quarenta minutos. Ele estava inquieto, não muito à vontade, penso eu. — Carla olhou furtiva para Luiz Flávio, que parecia não se impressionar com o relato daquilo tudo.

— Vejam, senhoras e senhores, o cliente estava ansioso, nervoso, talvez já maquinando o crime que praticaria a seguir. Muito pouco tempo perdido ali, certamente poderia ter cometido o crime e voltado para casa logo depois — exaltou-se o promotor.

— Não vejo por que assim procederia. Se procurasse apenas sexo, talvez conseguisse com a colega disposta, com um pouco de sedução. Por que se arriscaria a destruir sua vida num estupro sem sentido? — Andreia piscou para Carla, que parecia ter encolhido na cadeira enquanto era arremessada de um lado a outro no joguete entre defesa e acusação.

— Porque é uma mente doente, ora essa, o prazer deve estar justamente no risco e na captura da alma de outro ser humano, feito um vampiro que suga o sangue de outro animal.

– Por favor, doutor, não temos tempo para esse tipo de conjectura. O que interessa é que o réu se encontrava acompanhado na hora do homicídio, com outra pessoa que não a vítima.

– E a senhora, que belo papel prestou ao trair assim o marido. E, se estiver encobrindo este criminoso, pagará caro. De qualquer maneira, para ficar registrado nos autos: o fato de ter havido o encontro não elimina o fato de ter sido o réu o assassino porque ainda haveria tempo hábil para isso. Seguimos o julgamento, meritíssimo.

Esta novidade também fez irromper um *zum-zum* no tribunal. Por um lado, poderia ser uma prova inconteste a favor do acusado, mas, por outro, confirmaria a tese de mudança do padrão sexual de Luiz Flávio. Em momentos como este, em que as emoções a favor e contra estão à flor da pele, o fiel da balança pode pender para qualquer um dos lados, em benefícios ou prejuízos ao réu. No entanto, para Andreia, o que interessava era derrubar uma a uma as acusações da promotoria contra o processado.

Andreia chamou então a sua terceira testemunha. Outra mulher, na mesma faixa de idade da outra declarante, adentrou silente à tribuna para se sentar no espaço destinado aos depoentes.

– Seu nome, senhora? – Andreia iniciou.

– Meu nome é Regina.

– Sua profissão?

– Médica.

– Qual a sua especialidade?

– Genética.

– Essa testemunha não estava em pauta e a defesa a escondeu. Isso não faz parte dos preceitos éticos desta corte – o promotor se enfureceu, diante da surpresa.

– Peço escusas, meritíssimo. Chegaram os últimos exames que estávamos esperando e não tivemos tempo hábil de avisar que arrolaríamos esta testemunha. Mas, reitero, ela é vital para a compreensão e até para que se faça justiça hoje. Avisei ao doutor que faltavam tais exames – Andreia voltou-se suplicante para o juiz.

– Quais exames? Não sabemos de nenhum exame. Que outros exames poderiam desmentir as perícias oficiais do Estado e chanceladas pela mais atualizada ciência produzida até o momento? – o promotor suava frio de indignação pelo desconhecimento do que quer a defesa subrepticiamente recrutava – nada há mais sólido na ciência que a compatibilidade do DNA. Pais são confrontados com os resultados e obrigados a assumir filhos não desejados sob os auspícios desse exame.

– Vou aceitar a testemunha – disse o juiz, visivelmente interessado em qualquer fato novo que pudesse alterar os rumos do processo. Tanto fazia se a favor ou contra o acusado – não há mal nenhum em ouvir o que a doutora tem a dizer.

Luiz Flávio agitou-se na cadeira. O que será que sua advogada e a médica tramavam para livrá-lo da prisão? Entendia que devia ser algo grande. Apesar de ser agora apenas um músico, esse tempo todo aprendera algo sobre medicina e biologia. Aguçou a curiosidade e era todo ouvidos.

– E, então, doutora? O que descobriu que poderá tornar o réu inocente neste processo? O que os novos exames apontaram? Que exames são esses, afinal?

– Toda a chave para o entendimento do caso Lia Francine se concentra na genética.

– É o que venho dizendo desde o início – sorriu, com descaso, o promotor.

– Silêncio – pediu o juiz. – Deixe a médica continuar.

– Antes de explicar a todos o que aconteceu, preciso expor algumas noções básicas desta ciência, para que entendam os nebulosos caminhos que os genes percorreram e porque complicaram a vida do nosso querido Luiz Flávio.

– Por favor, doutora. Deixe de lado esses paparicos ridículos para com esse criminoso. A senhora acha que temos tempo aqui neste tribunal para que nos ensine uma ciência tão complexa que rende volumes infinitos de páginas? – debochou o promotor.

– Doutor promotor, é necessário e fundamental que se conheça alguns preceitos básicos acerca da matéria para que se compreenda.

– Continue, doutora. Doutor, está atrasando o andamento do julgamento – decretou o juiz.

A doutora Regina vestia um *tailleur* executivo. Os cabelos loiros soltos sobre os ombros. Os olhos negros faiscavam, mas, apesar disso, trazia o cenho tranquilo de quem conhecia a matéria e sabia o que fazia ali. E, sem olhar para papel algum, apenas de memória, iniciou a explanação como se estivesse em uma sala de aula da faculdade.

– O DNA agrupa-se em longas cadeias de cromossomos. Existem vinte e três pares de cromossomos em cada célula. Dentro de cada cromossomo, o DNA é organizado em genes, cada um com um código para uma única proteína. Este é o dogma central da biologia: a relação entre o DNA, RNA e a construção de proteínas. Temos aproximadamente entre 20 e 25 mil genes distribuídos em vinte e três pares de cromossomos, dando a cada cromossomo possivelmente mil genes. Esses 25 mil genes geram em torno de 400 mil proteínas. Apesar de diferentes células terem aparências e funções diversas, células sanguíneas, nervosas e ósseas compartilham o mesmo código DNA.

– Por favor, doutora, a senhora quer nos enlouquecer? – impaciente, o promotor suava.

– Acalme-se, senhor. Tem interesse precipitado em prender o pobre rapaz e ir para casa no aconchego da sua família. Mas, e a vida deste homem? Que espécie de justiça queres fazer? – Regina exaltou-se.

– Senhora, temos os exames. Não fui eu nem você que os inventamos. Eles são válidos, por favor.

– Os exames não mentem, mas não falam toda a verdade. Há mais coisas aqui e o senhor se impacienta. Não é a sua vida que está em jogo e, sim, a de um possível inocente – Andreia obrigou-se a fazer um aparte.

– Continue, doutora, mas nos dê uma pista de aonde a senhora quer chegar – solicitou o juiz.

– Sim, meritíssimo. Entendo o quão enfadonho pode ser, apesar de que me fascina, mas logo adiante surgirão as pistas do que tenho em mente – realçou Regina.

– Prossiga.

– Todas as células compartilham o mesmo código DNA, mas a rede de ativação e desativação gênica é que determinará a função que cada célula irá exercer. O que cada uma irá fazer, qual proteína irá codificar, estará na dependência de quais genes foram ativados e quais foram desativados. O código essencial do gene é cercado de engrenagens regulatórias complexas para garantir que os genes sejam ativados e desativados nos momentos apropriados. O tipo diferenciado a que uma célula pertence depende de quais genes estão ativos em seu núcleo. Cada gene codifica uma proteína específica e o repertório de genes ativos e, portanto, de proteínas produzidas, define o tipo de célula. E agora, um conceito importante para que os jurados entendam – e olhou em direção a eles. – O conjunto completo de genes presentes no núcleo celular é chamado genoma. À primeira vista, o genoma é o mesmo para cada célula do corpo. Cada pessoa tem seu próprio genoma, como uma identidade. Somos únicos e incomparáveis. Foi esse código, encontrado nas células do sangue, do sêmen e da saliva na cena do crime, que comprometeu a vida de Luiz Flávio.

– Sim, doutora, exatamente isso. É o que estamos debatendo aqui há horas – falou secamente o promotor.

– Entretanto, o senhor negligencia um caso possível. Talvez não por má-fé, mas por desconhecimento da ciência.

– Ora, ora – disse o promotor – e o que seria isso?

Fez-se um silêncio na sala. Todos ouviam atentos a explanação e os objetivos confusos da médica. Contudo, agora parecia que algo incrível poderia surgir daquelas palavras encharcadas de mistério.

– O transplante. O senhor esqueceu que Luiz Flávio foi submetido a um transplante. Recebeu células-tronco da medula óssea de outra pessoa. Toda sua medula foi aniquilada para que ele pudesse receber a medula de outra pessoa, e que essa medula se infiltrasse no interior de seus ossos e começasse a produzir sangue novo a partir de outro indivíduo.

– E o que isso tem a ver com o caso em questão, doutora? Transplantes são realizados aos montes por aí. Não há novidade nisso.

– O genoma, doutor. Mudou o genoma das células do sangue. Luiz Flávio incorporou um genoma que não era o seu original. O genoma de outra pessoa. O código genético de outra pessoa. A identidade de outra pessoa. Passou a exibir os genes de outra pessoa.

– Isso é incrível, de fato, mas ainda não tem a ver com o caso. As células do sêmen e da saliva ainda o condenam.

– Aí é que está o pulo do gato – empolgava-se a doutora. – A quimera. O doutor sabe o que é uma quimera? Houve a quimera. Ela extrapolou o objetivo. O caso é raro, sim, quase mágico. Porém, aconteceu. Vou lhes provar como.

– Senhor juiz – o promotor, confuso e temeroso, sem muito raciocinar. – Solicito um recesso imediatamente. Não podemos continuar com isso. Há loucura e insânia no permeio deste litígio. Solicito a suspensão imediata deste julgamento para que o tribunal possa consultar outros especialistas.

– Confesso que também estou confuso, doutora. Estou inclinado a concordar com o promotor, mas gostaria, porque temos tempo, que a senhora prosseguisse um pouco mais.

Luiz Flávio, por sua vez, estava boquiaberto. Havia uma centelha em tudo aquilo, mas ele, de fato, não compreendia. Entendia que sofrera a quimera, a boa quimera. As células-tronco de sua medula foram substituídas pelas células-tronco da medula de outra pessoa e essas células restabelecidas produziam sangue vital agora em quantidade normal, e que chamavam a isso de quimera. E que a sua quimera fora perfeita. Seus médicos se gabavam desse feito, como se deuses fossem e tivessem operado um milagre. Um organismo formado de uma mistura de células geneticamente distintas. Mas que extrapolação seria essa a que a doutora se referia?

– Descobrimos algumas maneiras de provar a quimera. A primeira quimera, e a mais conhecida no caso relacionado ao réu, foi a mudança de seu tipo sanguíneo, conforme o doutor Rodrigo explicou. Na ocasião do acidente de Bruninho, seu filho sofrera severa hemorragia interna e necessitava da transfusão de sangue. Luiz Flávio foi chamado à doação de sangue, conforme fazem os familiares em situações desse tipo. Descobriu-se, no entanto, uma mudança inesperada. O sangue de Luiz Flávio havia mudado para o tipo O. Isso poderia ter gerado até uma séria discórdia familiar, mas, salvo pela presença do hematologista no pronto-socorro do hospital, logo se explicou o fato. As células sanguíneas do doador incorporaram-se em perfeita compatibilidade e harmonia à medula do receptor e, a partir dali, assumiram a casa das máquinas. Passaram a produzir o sangue para aquele corpo seguindo o código genético original. O sangue agora gerado era tipo O, em que antes era tipo B. O mesmo do doador. O fato não passou despercebido por mim, mas saltou-me aos olhos e ao pensamento, a palavra. Quantas quimeras podem ocorrer no âmbito do ser humano? Talvez muitas, as mais fenomenais…

– Doutora, isso me parece mais um caso de ficção científica. Talvez a senhora tenha lido demais Margaret Atwood ou Aldous Huxley. Além disso, mudanças no tipo sanguíneo são comuns em transplantes, conforme o hematologista explicou, mas ficam restritas às células do sangue, pelo que eu saiba.

– Sim, é verdade, mas espere, doutor, temos alguns exames para provar – Andreia abriu uma apostila e dali tirou um calhamaço de papéis e organizou-os um ao lado do outro.

– Balela. Isso que a senhora quer apresentar é impossível.

– Provarei que não é impossível. Coletamos o DNA do filho de Luiz Flávio.

Luiz Flávio ouviu, estupefato e confuso. Por que coletaram sangue de seu filho e não o informaram? O que provariam?

– Andreia, o que isso significa? Quem autorizou? – sussurrou Luiz Flávio.

– Fernanda autorizou e o juiz também. Falei para você que alguns fatos seriam surpreendentes.

– Entendo, mas precisava envolver o meu filho?

– Precisava – respondeu Andreia, impaciente.

– Esse foi o segundo fato que me intrigou nesta investigação. A aparência do filho em nada lembra o pai – Regina continuou.

– Mas ele é a cara do meu avô – cochichou Luiz Flávio à Andreia.

– Você o conheceu? – perguntou Andreia.

– Não, mas havia fotografias antigas. Fernanda também concordou.

– Às vezes vemos coisas onde não há.

Regina retomou.

– Então, a segunda centelha foi acesa. Por que não avaliar a compatibilidade genética de Luiz Flávio com seu filho, já que os fenótipos são tão diferentes?

– Explique isso, doutora. O que é fenótipo? – o juiz coçava a cabeça, confuso.

– Fenótipo são as características observáveis de um organismo, resultando do genoma através da transcrição do DNA em proteínas. É a expressão dos genes desse organismo.

– Qual a relação com o caso?

– Tem a ver que o código genético do núcleo das células de Luiz Flávio é diferente do de Bruninho. O genoma original de Luiz Flávio é diferente do de seu filho. E aí talvez esteja a explicação principal para esse caso todo. Ele é complexo, mas é possível explicar.

– Explique, doutora – o juiz, soturno, removeu a máscara do enfado e iluminou a sombra da face com o brilho do semblante dos curiosos.

– Vejam bem. Há aqui uma grande confusão, e preciso esclarecer alguns aspectos. Luiz Flávio sofreu um transplante de medula óssea, o que modificou o genoma de suas células sanguíneas. Apenas as células sanguíneas deveriam ter modificado o seu genoma. Contudo, algo inesperado aconteceu. O genoma do doador extrapolou para outras células do corpo de Luiz Flávio.

– Espere aí – exaltou-se o promotor. – Você quer dizer que as sequências de DNA do doador invadiram as células dos testículos do receptor e substituíram-nas na produção do esperma, assim como houve invasão e substituição desse mesmo material nas células das glândulas salivares da bochecha e das grandes glândulas, passando a produzir saliva contendo outro DNA que não o original? Caso essa insanidade fosse verdade, você sugere nas entrelinhas que o assassino da senhora Lia Francine pode ser o doador desconhecido que doou material para o transplante de medula óssea do acusado? Convenhamos, isso é loucura.

– Sim. Obrigada pela perfeita explicação, doutor promotor, eu não teria feito melhor. É isso. Eles eram compatíveis totalmente no sistema HLA. A pega do enxerto foi tão perfeita que o DNA do doador extrapolou o limite esperado de sua atuação. Incorporou-se ao núcleo das células produtoras de sêmen e nas células produtoras de saliva. Produziam sêmen e saliva com o DNA de outra pessoa.

– Isso é loucura – repetiu o promotor. – Como se pode provar isso?

– É difícil de aceitar tal fato, extremamente raro na história da medicina. Porém, existe uma lei na biologia: a de que todas as leis têm exceções. As forças atrativas das células do doador extrapolaram em muito a intenção inicial.

– E o que isso tem a ver com o filho do acusado?

– Bruninho é a prova da inocência de Luiz Flávio. Foi gerado depois do transplante. A conjunção sexual ocorreu entre Luiz Flávio e Fernanda para gerar o filho, mas o espermatozoide carregava material genético de outra pessoa. Lembrem-se do dogma central da biologia. O DNA se transforma em RNA que se transforma em proteína.

– Meu Deus! – agitou-se Luiz Flávio na cadeira. – Vocês querem dizer que Bruninho não é meu filho?

– Essa é a surpresa, Luiz Flávio. Não podemos dizer nesses termos. Ele é seu filho, em intenção, mas carrega material genético de outro indivíduo. O material genético não é o seu.

– O que mais poderá me acontecer? – suspirou, enquanto esfregava as mãos no rosto e via o seu principal esteio ruir.

– Eu sei que é terrível, Luiz Flávio, mas ao menos devolverá a sua liberdade – consolou-o Andreia.

– Como chegaram a essa conclusão, doutora? – a pergunta partia do juiz, cada vez mais envolvido.

– Vou tentar explicar, doutor. Coletamos células do sangue de Luiz Flávio e de Bruninho e fizemos o teste de DNA para ver se eram compatíveis. A compatibilidade aconteceu. Mas também coletamos outras células do organismo de Luiz Flávio, como as células epiteliais da pele e o bulbo capilar, e comparamos novamente com o DNA do sangue do Bruninho. Não houve compatibilidade. Não era o mesmo genoma. Como assim? Comparamos então no próprio Luiz Flávio o genoma de diferentes células de seu corpo. A raiz do fio de cabelo e as células da epiderme. Havia dois genomas diferentes. Um igual aos dos fios de cabelo e pele e outro diferente no sangue, sêmen e saliva. Aí compreendemos que houve a quimera.

Enquanto Regina falava, Andreia distribuía documentos aos jurados que demonstravam a existência de duas sequências de DNA diferentes no corpo de Luiz Flávio.

– Por isso, aquela quantidade enorme de amostras que vocês insistiram tanto para que eu colhesse? – perguntou Luiz Flávio quando Andreia se sentou, ainda admirada pela expressão dos jurados.

– Isso, Luiz Flávio. Era essa a intenção.

E Regina prosseguiu.

– Enquanto em Bruninho, só havia um genoma. Todos os diferentes tipos de tecidos exibiam a mesma sequência de DNA, o mesmo código genético, o mesmo genoma. A mesma identidade. Bruninho é filho de Luiz Flávio e Fernanda, mas exibe no núcleo de suas células o DNA de Fernanda e de outro indivíduo. Não o do réu.

– Senhoras e senhores jurados. O caso está explicado. Só falta a vocês deliberarem a favor do réu. Excelência, cabe ao senhor decidir os próximos passos deste julgamento – exaltou-se Andreia, convicta da vitória.

– Senhoras e senhores do tribunal do júri – o juiz tomou a palavra – faremos um recesso de trinta minutos. O julgamento retornará em instantes. Precisamos digerir tudo o que foi aqui avaliado.

Após o recesso de meia hora, o caso foi retomado. O promotor teve tempo suficiente para analisar os laudos e, embora tenha pedido a condenação do réu, havia perdido a pujança. No discurso final, a voz de Andreia virou colosso, as palavras teciam a roupa da verdade, todos na plateia vestiram. Neste momento de protagonismo, pensou na jovem sonhadora do começo da faculdade; ela teria orgulho do que se tornou. Nunca havia sentido tamanha realização como advogada da Rotschild, nem perto disso. A cosquinha gostosa de ter tomado a decisão correta escondia-se por trás da cara de brava que deu ao se sentar após o final da explanação, pedindo por justiça.

A reunião do júri demorou. Após algumas horas, veio o envelope. Novamente, um envelope carregava o seu destino. O juiz o abriu com uma calma inaceitável aos olhos de Luiz Flávio. Tirou a folha e leu. Com o tempo suspenso, o réu pôde ver o movimento da boca para a primeira vogal. Absolvido.

Luiz Flávio foi liberto. Quem diria, todo aquele arsenal apontado para sua cabeça desvaneceu-se como nuvens. Além disso, intuía que todos confiavam que, de fato, era inocente. Até o promotor, após tomar conhecimento da quimera, já não o tratou com desdém. Ao final da sessão, já sem as algemas ao redor dos punhos, cruzou com Fernanda à saída. Gostaria de perguntar a ela por que aceitara depor contra ele e humilhá-lo daquela maneira. No entanto, ao vê-la ali tão próxima, sentiu, por um momento, um ódio estranho, como se o seu juízo tivesse sido sobrepujado por uma emoção incontrolável. Ela, contudo, não percebeu o olhar furioso do ex-marido e ensaiou um aceno com a cabeça. Regina, por sua vez, mesmo sem nunca terem sido apresentados anteriormente, aproximou-se dele para abraçá-lo, o qual retribuiu com um sorriso carregado de gratidão.

CAPÍTULO 31

A mídia continuou a dar atenção ao caso após a conclusão do julgamento. Diferente da maioria das vezes, em que nem sempre os acusados injustamente têm espaço no jornal ou na televisão na mesma proporção como quando suspeitos, ou os acusadores necessitem se retratar às partes ofendidas, a empresa Rotschild sofreu abalo; nas redes sociais, choveu ódio. O inusitado da questão não passou despercebido do grande público. Como a grande mãe não poderia ser abatida indelével, o escolhido para ser queimado na fogueira foi o seu Augusto. O mais voraz crítico de Luiz Flávio recebeu uma carta em tons formais elaborada pelos advogados da empresa informando-o da demissão irrevogável. Chorou ao receber o comunicado de desligamento.

O coquetel de inauguração do escritório de advocacia Alfa Criminal – aqui não existem causas perdidas, conforme dizia o slogan – recebeu autoridades. O prestígio atingido por Andreia na condução do processo elevou seu status nas alturas. Celebridades viram oportunidades de serem clicadas e repostadas nas redes sociais, oportunizando o aumento de seguidores. Hortência, que pedira folga no hospital, recepcionava os convidados e fazia as honras. Andreia dava entrevistas para as rádios e os jornais. A secretária contratada, uma senhora aposentada do serviço público, cabelos grisalhos e olhar feroz, óculos de aros grossos e negros, era a imagem à frente do empreendimento. No final, após a saída dos convidados, brindaram a sós à felicidade e agradeceram à genética pelo melhor momento de suas vidas. Antes de começar efetivamente o trabalho, fariam um cruzeiro pelas ilhas gregas; já ouviam o apito do navio ao longe.

Luiz Flávio, alguns dias depois, voltou ao presídio para visitar seu amigo "nerd do mal", como gostava de chamá-lo. Alfredo já sabia de sua libertação e confessou que se alegrara muito com a notícia, mesmo perdendo a companhia. Revelou que não ouviu mais falar do irmão de Lia Francine, mas sussurros vindos das galerias davam conta de que perdera o interesse na vingança. Luiz Flávio recebeu de seu irmão de carceragem o violão, seu velho amigo, que tanto o consolou nos dias tristes na prisão. Resolveu dedilhar umas canções ali mesmo na salinha de visitas. Gostaria de se entorpecer com seu amigo por alguns instantes e esquecer da notícia de que seu filho não carregava seu código genético, que não possuía a sua identidade. Precisava partilhar a frustração, dividir com ele o peso do fardo. Luiz Flávio explicou os insólitos acontecimentos ocorridos no tribunal.

– Curioso, curiosíssimo, de fato, intrigante, para não dizer impossível. E acreditaram nesse ardil – falou o hebiatra, em tom jocoso.

– Não é ardil. Os exames comprovaram. E, além do mais, meu filho não é mais meu filho. Tive que perdê-lo para conseguir a liberdade.

– Ora, seu filho continuará sendo seu filho. O amor extrapola a genética. Você não olha uma pessoa e vê um monte de genes. A relação entre pai e filho se consolida no campo emocional, na relação de amizade e confiança. Pais, muitas vezes, se relacionam melhor com os filhos adotivos do que com os filhos de sangue. Já vi isso diversas vezes – consolou Alfredo, que, como médico de adolescentes, pôde observar diversas vezes o que concluía.

– De qualquer maneira, preciso digerir e processar tudo o que aconteceu.

Depois da conversa, Luiz Flávio parecia mais aliviado.

Luiz Flávio dormia um sono tranquilo em um flat alugado por Andreia a preço módico de um ex-cliente que se tornara seu amigo. Em seu sossego, apenas temas agradáveis trilhavam os porões das fases mais profundas do sono de quem fora perdoado. O descanso, no entanto, fora interrompido pelo toque do telefone posicionado em cima da mesa de cabeceira ao lado de sua cama.

– Visita para você – a voz do porteiro saiu límpida através do aparelho.

– Quem é?

– Diz que é sua esposa. – Luiz Flávio ponderou alguns instantes até permitir a subida.

Fernanda materializou-se em sua frente após alguns minutos e beijou-lhe a face. As mãos suadas. Em seu figurino, a saia minguada exibia margaridas amarelas em um bordado saliente. As pernas torneadas e bronzeadas que tanto o compungiram esses anos todos, à vista para contemplação.

– Você aqui? – balbuciou, surpreso.

– Vou entender se recusar, afinal tem seus motivos.

– Tenho motivos para estar furioso.

– Mesmo assim, gostaria de me explicar. Entenderei se não compreender.

– Então, fale e me deixe decidir.

Luiz Flávio apontou para Fernanda um pequeno sofá disposto no meio do minúsculo conjugado sala-cozinha. Ela se acomodou, sentando-se na ponta do móvel e enxugando as mãos suadas na saia. Ele permaneceu imóvel, em pé, a poucos passos da ex-esposa.

– Jamais imaginei que um dia você sairia da prisão, sabe. O que se falava aqui fora era que você era um criminoso da pior espécie.

– E acreditou em todos, sem nem imaginar que talvez não fosse verdade? Como todos, se precipitou em me julgar.

– Você ficou muito diferente depois do transplante. Não parecia ser a mesma pessoa.

– Porque te amei mais, porque minha paixão pela vida aumentou depois da nova chance que Deus me deu, foi isso?

– Há de convir que qualquer pessoa poderia desconfiar das suas atitudes.

– Não lembro de ter praticado algum ato ilícito nesse período.

– O promotor me iludiu quando pediu que eu testemunhasse. Não comentou que diria aquelas coisas horríveis. Nunca quis complicar sua defesa.

– Então, achou que seu depoimento me ajudaria?

– Não, Luiz Flávio. Tive dúvidas, sim, acerca de sua inocência. As provas eram muito robustas. Mas apenas relatei o que aconteceu no seu estilo de vida quando você retornou vivo da doença. Não menti.

– Logo após a minha volta para casa, salvo da morte e cheio de vida, meu amor por você aumentou muito, não sei dizer a razão. Fui tomado de desejo e por mais ninguém, ao passo que o seu amor pareceu ter declinado na mesma proporção.

– Entendo as suas dúvidas, mas não foi isso que aconteceu. Eu não estava na mesma sintonia, isso é fato, entretanto, algumas coisas mudaram. Não se trata de amar mais ou amar menos. São períodos da vida de um casal. Acredito que todos os casais passam por isso.

– Você desconfiou de mim.

– Isso não pode ser mudado, Luiz Flávio, mas pode ser perdoado.

– Posso perdoar esse fato, mas e a traição? Você me traiu com o doutor Rodrigo.

– De certo modo, fui tola e me sentia perdida. Não tinha ninguém para me apoiar, meu marido preso, um filho para criar. Precisava de um trabalho e as circunstâncias levaram ao que aconteceu. Queria falar isso a você. Foi uma ilusão. Fiquei encantada com a mocidade, a inteligência, a beleza e, sobretudo, a segurança que ele poderia nos proporcionar. Enfim, cegou-me os olhos a paixão. E foi só. Uma paixão que se apagou. Então, pude ver que não o amava, apesar de sentir gratidão por tudo o que ele fez por mim e por Bruninho.

– Quer dizer que não está mais com ele?

– Não.

Luiz Flávio ruborizou. Ponderou por uns instantes sobre o que faria com a novidade. O desejo carnal e a possibilidade de retomar a vida em família enterneceram o coração, mas ele preferiu não decidir nada naquele momento. No entanto, Fernanda continuou.

— Depois de tudo o que aconteceu, a verdade voltou à tona com uma nitidez como eu jamais havia percebido.

— Fernanda, tem muitas coisas acontecendo. Preciso de tempo para digerir os fatos.

— Está bem, Luiz Flávio. Aceitarei o que você decidir. E me perdoe.

— Gostaria de viajar, conhecer lugares onde jamais estive, quero mostrar meu talento para o mundo, fugir do lugar onde tanto fui odiado e execrado. Esquecer...

— Não olhe para trás — disse Fernanda — o passado já não existe mais. Basta pensar assim.

— Não é tão simples. As lembranças horríveis de tudo que passei estão atreladas a esse lugar. Preciso me aventurar sozinho por esse mundo enorme e cheio de possibilidades. Há mais coisas na vida do que um emprego e uma casa para morar.

— E o seu filho? Agora que está livre, terá mais tempo com ele.

Luiz Flávio pensou em Bruninho e em como seria bom para ele a reconciliação de seus pais, ou a presença paterna cotidiana, algo que sonhou quase diariamente enquanto preso.

— Conversarei com ele e explicarei tudo. Ele entenderá. Isso não é um capricho ou uma vingança. Não estou ressentido, nem magoado, mas meses na cadeia modificaram a minha ideia de mundo e o sentido da minha vida.

— Mas precisa ser sozinho? — ela perguntou, desviando o olhar.

— Eu não vou desaparecer, apenas buscarei o meu caminho.

CAPÍTULO 32

Luiz Flávio, antes de partir, pediu à Fernanda para ficar a sós com Bruninho e Big King por alguns dias. Precisava recuperar o tempo perdido, amar o seu filho, abraçá-lo, brincar como fizera tantas vezes antes da prisão. Levá-lo para passear pelas redondezas junto ao seu melhor amigo. Ver seu filho disparar em pedaladas firmes sobre as calçadas, apostando corrida com o animal para ver quem chegaria à curva da esquina primeiro. Talvez precisasse de uma bicicleta maior, visto que completara cinco anos e suas pernas ultrapassavam o limite para o tamanho da antiga.

Estar livre e poder desfrutar da presença de seu filho embaixo do sol da liberdade fez surgir em seu coração uma clareza como nunca havia visto. Agradecia a Deus pela quimera pela primeira vez. Talvez tivesse ficado estéril devido à quimioterapia e, graças à mudança do genoma de suas células testiculares, pôde produzir um filho. Sim, Bruninho era seu filho e nada mudaria o fato. Era o filho de sua intenção e esse conceito arraigara-se em sua mente. O amor que sentia forjara-se além da genética. Não possuía seus traços hereditários, mas, quem sabe, nunca pudesse ter filhos biológicos e, sendo assim, aprendeu a aceitar e agradecer. Percebeu outras mudanças em seu organismo. Outra energia, novos talentos. Pensava, claro, que a volta da morte, a nova chance de sobreviver, pudesse ter melhorado seu estado mental. Talvez a esperança renovada tivesse injetado ânimo em uma existência antes fadada à mediocridade. Nada se compara a ser um artista de verdade, pensava. Nada se compara a criar música; de sua voz e de seus dedos surgirem as mais lindas melodias. Provavelmente, os genes do doador eram melhores que os seus. Talvez Deus tivesse operado mais um milagre, afinal.

Seus amigos de banda tentaram contatá-lo quando souberam de sua liberdade, intimaram-no a reatar a banda. Alguém os advertira de que Luiz Flávio evoluíra muito na música enquanto esteve aprisionado e queriam conferir o quanto essa evolução poderia impactar em suas próprias vidas. Secretamente, alguns integrantes de sua antiga banda ainda mantinham o sonho de fama e sucesso. Trocariam rapidamente suas profissões enfadonhas pela possibilidade de realização na música. Imaginaram que, com a repercussão do caso e com a reintegração de Luiz Flávio à sociedade, a imprensa tivesse interesse em promovê-los. "Ex-acusado injustamente de assassinato encontra a liberdade depois de incrível quimera genética: caso raríssimo na história da medicina", seria a manchete nos jornais. Agora de volta à sociedade com um novo trabalho musical. Luiz Flávio não os respondeu. Não acreditaram nele antes de sua vitória, antes que ele provasse algo por si mesmo. Agora que ressurgira das cinzas, os seus amigos ressurgiam das sombras. Seu passado, no entanto, era página virada.

Agradeceu mais de uma vez à Andreia e à Regina por tudo o que fizeram. Suas inteligências e perspicácias em resolver um caso sem solução. Prometeu encontrá-las sempre que possível. Saber como estavam e o que faziam. Essa parte do passado não esqueceria.

Um último abraço em seu filho e em Big King antes de partir, e o compromisso de que voltaria para visitá-los assim que pudesse. O ônibus o esperava. Acomodou o estojo com a guitarra no bagageiro e subiu as escadas para encontrar o assento marcado. O destino, uma cidade distante, uma nova vida, um novo mundo, uma nova perspectiva, um novo e importante objetivo. Havia um contrato em um bar, em uma cidade no Norte, e depois em tantos outros lugares…

As paisagens modificavam sob seus olhos enquanto o ônibus percorria aqueles rincões do fim do mundo. As cenas bucólicas da vida simples, sem as agruras da violência nas grandes cidades, a maldade, a competição atroz e a disputa injusta por um lugar ao sol, além de ainda sobreviver sem marcas ao calor da fogueira da vaidade humana, deixavam-no melancólico e, por um momento, enciumado por não pertencer a essa categoria de pessoas. Contou um sem-fim de paradas em rodoviárias decadentes de cidades do interior do Brasil. Uma multidão de passageiros entrava e saía do ônibus conforme adentrava pelo núcleo do país. Teve muitas companhias ao seu lado. Com muitas ele conversava e falava de sua vida e elas falavam das suas, já outras, ele apenas percebia o farfalhar do movimento de sentar-se e levantar, pois eram companheiros de apenas uma noite, e à noite, ele dormia. O tempo e as condições da viagem eram tão desgastantes que sentia como se seu corpo criasse raízes no assento. Em uma dessas paradas, em plena madrugada, sonolento e cansado, mas com fome, desceu do veículo para comer alguma coisa e tomar um café quente.

Ao voltar para o assento, algum tempo depois, encontrou acomodado ao seu lado um senhor de pele morena, já um tanto avançado na idade, pálido e demonstrando certo cansaço. As pálpebras superiores caíam sobre as escleras amareladas e a íris negra, dando um aspecto enfermiço à compleição. Exibiu seus dentes carcomidos e desleixados quando tentou sorrir para Luiz Flávio, que pedia licença. Havia um cordão vermelho adornando o pescoço do velho com um pingente de um santo protetor balançando sobre a camisa preta desbotada e uma tatuagem de clave de sol no dorso da mão direita. Luiz Flávio percebeu certa familiaridade no porte e modos de proceder do indivíduo. O homem desculpou-se e, gesticulando lentamente, levantou-se para permitir que assumisse o lugar junto à janela.

— Essas longas viagens acabam com nossas energias e fazem nossos músculos parecer uma paçoca gelatinosa – comentou Luiz Flávio ao se esparramar sobre o banco reclinado.

— Como a viagem da vida. Iniciamos bem e, do meio para o fim, há uma longa e cansativa descida até o túmulo – suspirou o cansado viajante.

— Profundo isso. A propósito, já que vamos prosseguir juntos um trecho da estrada, meu nome é Luiz Flávio – estendeu a mão aberta para um cumprimento.

— Sou Chico… um músico andarilho em final de carreira, andando de lá para cá à procura de paz.

— Ora, quanta coincidência.

— Coincidência? Também está à procura de paz?

— Também sou músico.

— Veja só, uma feliz coincidência, apesar de que agora já não me impressiona tanto. Fui mais feliz na profissão, contudo, depois de um tempo, parece ter perdido a graça.

— O que aconteceu?

— É uma longa história.

— Temos algumas horas até nosso destino.

— Você também deve ter uma história e tanto. Afinal, tão jovem para largar tudo e correr atrás de um sonho, levar uma vida errante como músico…

— Coisas interessantes aconteceram comigo, isso é fato.

— O que você gosta de tocar? – perguntou o músico mais velho.

— Na adolescência, tínhamos uma banda e tocávamos músicas que os jovens da época gostavam, como rock, pop, ritmos dançantes e muito som dos anos setenta e oitenta. Depois que fui preso, passei a tocar baladas tristes. Meus colegas gostavam muito de ouvir canções confortavelmente entorpecidos. De fato, nos entorpecíamos bastante na carceragem – Luiz Flávio sorriu ao lembrar.

— Você esteve preso? – impressionou-se Chico com a coragem e o desprendimento de Luiz Flávio em revelar um fato que talvez muitos preferissem esconder.

– Fui envolvido numa confusão muito grande e acabei pagando por algo que não cometi. Foi um período difícil em minha vida que sinto calafrios só de pensar.

– Me conte, então – interessou-se Chico.

– Acho que o entediarei com minha ladainha.

– Um velho como eu não se entedia tão fácil. Gosto de ouvir histórias de vida.

– Imputaram-me um crime cometido por outro indivíduo.

– E como se safou desta? E o criminoso verdadeiro, por onde anda?

– Safei-me pela sorte ou porque Deus intercedeu por mim, colocando anjos em meu caminho. Quanto ao criminoso, ainda não o encontraram e não fiquei para esperar até que o prendessem. Talvez nunca mais o peguem.

– Graças a Deus, nunca passei por isso. Só averiguações em delegacias por brigas de bar. Maridos ciumentos. Você sabe como é, o palco nos deixa sedutores, as mulheres nos amam.

– E depois? Por que perdeu a graça ou o sentido?

– Bebi demais, me afundei nas drogas, e o mundo ruiu. Cometi loucuras que não devia ter cometido e acabei doente.

– Se arrependeu de ter levado essa vida?

– Me arrependo do modo como a conduzi. Deus me deu talento e eu não aproveitei. Deixei meu ego tomar conta. Pensava que todos me deviam reverência por minhas aptidões musicais. Fui um tolo.

– Aceitou a derrota, então?

– Sou a derrota em pessoa. Eu tive tudo e joguei fora. A honra e a glória que eu poderia atingir com meu talento não estão mais ao meu alcance.

Luiz Flávio percebeu nos traços enrugados e no aspecto combalido do seu companheiro de viagem que talvez não houvesse mais tempo para a retomada do que quer que fosse, e tentou mudar de assunto.

– E quanto ao seu estilo? O que gosta de tocar?

– Adotei todos os estilos. Toco e canto o que me pedem. Na estrada não podemos escolher gêneros musicais. O povo gosta de tudo.

– Podemos tocar juntos um pouco. Até onde você vai?

— Estou indo de lugar em lugar. Troco de cidade de pouco em pouco tempo. Como eu disse, fiz coisas horríveis no passado e sinto que estou sendo seguido.

— Haverá uma parada em algumas horas. Eu trouxe minha guitarra.

— Também levo minha Stratocaster. A única coisa que me restou além da roupa do corpo. Com ela, ganho o meu pão.

— Por que não me acompanha em alguns shows por esse mundão de Deus?

— Não, meu amigo. Não subo mais em palcos maiores. Agora sou músico de rua, toco por uns trocados para a comida.

Quando chegaram ao final do itinerário, ambos recolheram seus pertences e ficaram em pé sobre a plataforma, com os estojos dos instrumentos acomodados em seus ombros. Quem observasse a dupla teria certeza de tratar-se de sertanejos em busca de um lugar ao sol, mesmo com a visível diferença de idade estampada em seus rostos. Avistaram um pequeno restaurante nas imediações da rodoviária da pequena cidade. Adentraram o estabelecimento e posicionaram-se a um canto para não perturbar os outros clientes. Pediram café quente e algo para comer, desembainharam os instrumentos e passaram a afiná-los. Luiz Flávio fixou o olhar sob o dorso da mão do companheiro e interessou-se em descobrir a origem e o motivo da tatuagem de clave de sol.

— Fiz essa tatuagem há muito tempo. Havia um tatuador, ele estava bêbado, toquei uma canção, ele gostou e, assim, desenhou-me a clave de graça.

— Bem apropriada. Mesmo estando bêbado, o trabalho ficou magnífico.

Luiz Flávio, desde o início, impressionou-se com a habilidade vocal e instrumental de Chico. Sua voz subia e descia as notas percorrendo as escalas graves e agudas sem esforço, mantinha a afinação em todos os momentos. O dedilhar da guitarra demonstrava agilidade quando Chico pôs-se a aquecer seus dedos magros sobre o braço do instrumento. Luiz Flávio reconheceu no ponteio traços de sua própria técnica, algo que naturalmente foi adquirindo com o passar do tempo.

Passaram a tocar e a cantar como se estivessem em um estúdio em suas próprias casas. Os clientes do estabelecimento paravam para ouvir e se deliciar com a harmonia musical que havia entre os dois. Alguns passageiros quase perderam os seus horários, tão distraídos na admiração da arte encenada ali diante de seus olhos. Como verdadeiros músicos de bar, empolgados com o desempenho, passaram a bebericar goles de cerveja, o que os estimulou ainda mais a dividir suas experiências musicais.

– Você pode beber? – aventurou-se Luiz Flávio, visto a aparência debilitada do companheiro.

– Posso – riu Chico ante o questionamento – mas não deveria. De qualquer forma, não me resta muito tempo, sendo assim, não vejo por que não me permitir alguns minutos de alegria em sua companhia.

– Bem, se você pensa assim, não serei eu a questioná-lo.

Conforme bebiam, suas línguas cantavam e soltavam-se em revelações, mas que movidas pelo álcool, tinham efeito purgativo.

– Você sabe, Luiz Flávio, que eu não fiz só besteiras na minha vida.

– Ora, acredito que não. O que você fez de bom, afinal? – perguntou Luiz Flávio com ar de troça e já sob o efeito relaxativo da bebida.

– Fiz uma doação que me fez entender o que é ser humano de verdade.

– E o que foi? Doou algum instrumento musical ou realizou algum show beneficente?

– Não, foi algo bem mais altruísta. Doei meu sangue e medula.

– Impressionante! E foi por algum motivo especial? – perguntou Luiz Flávio.

– Um conhecido estava doente e necessitava de transplante. Solicitaram para os seus amigos uma doação e eu estava disponível.

– E deu certo, ajudou seu amigo?

– Que nada. Não éramos compatíveis. Mas ficou no cadastro; pediram para que ficasse e eu aceitei. Um tempo depois, encontraram um receptor apropriado e eu acabei procedendo à doação. Não o conheci, mas pensei: *fazer o bem sem olhar a quem*.

– Belo gesto. Outra coincidência em nossa vida.

– Outra coincidência?

– Também recebi uma doação de medula de um doador anônimo. Estou vivo graças a isso.

– Você também esteve doente?

– Câncer de medula. Leucemia mieloide aguda. Estou vivo graças a um doador anônimo, como você.

– Um viva às pessoas de bom coração – disse e elevou ao alto o copo de cerveja abarrotado. Derramou um pouco, uma oferenda a um santo de sua devoção, e depois degustou um grande gole. Sentiu uma quentura na alma que há muito não sentia, uma satisfação.

Luiz Flávio, com a juventude e a saúde em perfeitas condições, não sentia os efeitos do álcool, de modo que se mantinha sóbrio o suficiente para perceber que estava diante de uma pessoa deveras interessante. Um indivíduo que havia levado uma vida singular, tanto em aspectos positivos quanto negativos. Ocultou propositadamente o local em que recebera o transplante ou a cidade na qual adoecera. Quando perguntado pelo ébrio companheiro, indicou outra região. A cantoria continuava para deleite dos ouvintes. O músico andarilho desentediava-se, tomando goles generosos da caneca posta à sua frente.

– Me conte, o que fez de mal a outras pessoas que tanto o aflige e o deixa com esse sentimento de culpa?

Como se tivesse recebido um balde de água fria em um instante de euforia, o pedido o removeu de um transe. Já sob o efeito da bebida, pois, naquele estágio da doença hepática, pequenas quantidades de álcool significavam elevado efeito entorpecente, envolvido na atmosfera do momento, sentindo-se acolhido por um amigo inesperado, e com a culpa explodindo no peito, do fundo de sua alma encontrou o ensejo apropriado – um terapeuta fortuito disposto a ouvir sem julgamentos a purgação do demônio que há tanto tempo o atormentava.

– Matei uma pessoa. Sim, fiz isso. Eu não queria, mas aconteceu.

– Uau! Explique melhor – pediu Luiz Flávio enquanto levava o copo à boca.

– Um crime hediondo, na verdade. Eu estava fora de mim, pirado sob efeito de drogas, excitado a um extremo inexplicável. Quando tudo aconteceu, percebi de imediato a loucura cometida. Uma bomba caiu em minha cabeça e eu tratei de fugir, sumir no mundo, e até agora estou fazendo isso, fugindo de todos, até de mim.

– Deixando para trás os despojos do crime? Para que alguém recolhesse a sujeira e limpasse o local?

– Foi o que aconteceu, infelizmente – revelou Chico, um tanto surpreso com o tom de voz do amigo, apesar do aturdimento.

– Eu sei quem você é! – explodiu Luiz Flávio para um não mais tão espantado depoente.

– Como assim, você sabe quem eu sou? – perguntou sem emoção o músico.

– Você é o doador anônimo cuja medula me salvou. Mas esse crime ao qual se refere foi o que me fez passar os piores momentos de minha vida. Fui preso e torturado por essa barbárie.

– Então, é você a pessoa que salvei com a doação? Graças a mim que está vivo?

– É, graças a você.

– Estou arrependido do que fiz. Fui vítima de minha própria arrogância, refém do meu talento. Pensava que todos me deviam reverência porque os fazia felizes, lhes dava um pouco de alento com a minha arte. Abusei da boa vontade de todos e o que encontrei foi a decadência e a morte. Estava assombrado por demônios.

– Escusável discurso. E quanto à família da moça? Pediu perdão a eles?

– A minha doença é minha punição. Estou no fim da vida. Não está vendo?

– Estão todos te procurando.

– Eu sei, por isso fujo do mundo indo ao encontro dos braços da morte. Olhe para mim. Não percebe isso?

– Mas e a justiça? Como pensa em escapar da justiça?

– Serei punido por Deus no purgatório.

– Não é o suficiente.

– Não há como pagar na mesma moeda. Você não é juiz ou Deus, não tem que se envolver.

– E a minha consciência, agora que sei que está vivo?

– Você me deve a sua vida. Só o meu sangue pôde curá-lo.

— Contudo, você matou outra pessoa.

— Não era eu e, sim, o demônio que havia em mim.

— Na verdade, eu o estava procurando. Na prisão se fazem inimigos, mas também alguns amigos. Coloquei uma tropa de choque à sua procura. Aguardava a sua entrada no ônibus. A clave de sol foi o último sinal. O seu depoimento está todo gravado. — Luiz Flávio mostrou a ele o celular com o gravador correndo os segundos. — E agora, cá estou, na sua presença. Devo enviá-lo à prisão ou lhe concederei um indulto?

— Estou em suas mãos.

Luiz Flávio comentou que teve um filho, mas que o material genético não era o seu, e sim do doador anônimo.

— Até o meu filho você me roubou.

— Bobagem. Você sabe que o filho é seu. Conforme me contou, não fosse o transplante, talvez nem filho tivesse.

— Fui torturado e quase me assassinaram na prisão.

— Está doente, então, como eu?

— Não, me sinto bem.

— Se queixa do que exatamente?

— Que não se fez justiça, nem a mim, nem à família de Lia Francine.

— De maneira indireta, apesar de tudo, fiz mais bem a você do que mal.

— Não se trata apenas de mim, mas da pessoa inocente que você matou, de sua família, de seus amigos.

— Estou arrependido, como já disse. Não quero ser preso, não tenho mais tempo a perder, me resta pouco de vida.

— E quanto ao tempo que estive preso, quem irá me devolver?

— O tempo teria passado da mesma maneira. A experiência que teve no inferno pode ter tido mais valia que uma temporada no céu.

Luiz Flávio ponderou por instantes, ainda faltavam algumas horas para o último ônibus ao destino. A cidade em que começaria definitivamente a sua carreira musical. Dali, partiria para o mundo no qual não havia mais certeza de nada. Porém, a incerteza o deixava feliz, tinha energia suficiente para desbravar o mundo. No entanto, precisava decidir o que fazer com o resto de vida do assassino de Lia Francine, o doador de sua medula, o homem que permitiu que a quimera mudasse a sua vida. Pessoalmente, tinha mais a agradecer do que lamentar, apesar de tudo o que havia passado na prisão. Luiz Flávio inconscientemente havia o perdoado. O doador ainda o havia salvado da morte, poderia ter ficado estéril, ganhou tessituras vocais, agilidade nos dedos, aprendeu a beber e a aproveitar sabores. No entanto, havia ainda a dívida com Lia Francine, ela precisava de justiça e, sendo assim, Luiz Flávio apresentou uma proposta para Chico, o doador.

– Darei a você algumas horas antes de enviar esse áudio e te entregar às autoridades. Pelo bem que você me fez, e o mal à moça e à sua família. Essa é a minha proposta. Sei que não quer ser preso, mas minha consciência exige que eu o entregue. Não me diga para onde vai. Direi às autoridades que foi aqui que eu te encontrei. Depois te perdi de vista.

– Agradeço a sua oferta, que considero, apesar de tudo, muito generosa. Vou embora agora, continuar fugindo de tudo e de todos. Espero que consiga o sucesso que procurei e não encontrei. Saúde e vida longa para você. Acerte mais vezes em suas escolhas, seja ponderado.

Chico embrulhou seu instrumento de trabalho em um plástico bolha, embainhou-o na capa de couro e saiu, perdendo-se no mundo. O andar trôpego anunciava um indivíduo no fim da linha do tempo. Chico se foi, mas Chico ficou, em parte, dentro de si. Luiz Flávio embarcou para seu destino satisfeito com a solução encontrada. Decidiria se avisaria as autoridades ou não.

Três dias depois, às 23h, Luiz Flávio estava a postos para a primeira apresentação como músico profissional. Os olhos azuis vívidos faiscavam sob os reflexos dos fachos de neon irradiados dos canhões de luz jogados aleatoriamente pelo salão. Os cabelos loiros caiam balouçantes sobre os ombros largos, feito feixes de trigo ao sabor da brisa vinda das janelas abertas. Fazia calor em meados do verão e era noite de lua cheia. A camisa preta com botões abertos até o peito expunha a alvura de sua pele. Os dentes brancos expostos em sorrisos ao público ostentavam matizes coloridos conforme as luzes policromáticas dos holofotes colocados à frente do palco irradiavam suas cores. Um banco, um microfone e a sua guitarra acústica eram só o que precisava.

Ao seu lado, um copo de uísque abarrotado, com três pedras de gelo. Tomou um gole após o outro. Pegou sua guitarra, testou o microfone e começou a cantar. Cantou com paixão e entusiasmo e a plateia aplaudiu efusivamente. Avistou, no fundo do salão, um homem de pele morena, rosto inchado e olhar ébrio. Pareceu alguém familiar, uma figura que conhecera recentemente. No entanto, a luz dos canhões ao encontro dos seus olhos não permitia entrever detalhes. Não, ele não poderia ter me seguido. Muitos rostos curiosos passaram a fitá-lo e aquele rosto em particular evanesceu na multidão de outros olhares. Na primeira fila, detinha-se uma garota. Olhos azuis evocativos, cabelos loiros e a droga da boca vermelha de batom que atraia, feito sereia, o mais incrédulo dos mortais. Um cigarro no canto da boca, uma garrafa de cerveja à mão. A camiseta branca justa ao corpo e a minissaia de couro preta completavam o figurino. Havia no seu mirar atento, um grau de malícia e um certo pendor lascivo que o provocou. Tentou fazer pouco caso daquele olhar. Contudo, o ardor no peito fez seu corpo tremer e a volúpia se acumulou feito neve na montanha. Mal conseguiu esperar o intervalo para falar com ela. A garrafa de uísque já estava pela metade e ele sentia-se confortavelmente entorpecido. A noite estava apenas começando.